AU
SERVICE DE L'ALLEMAGNE

PAR

MAURICE BARRÈS

DE L'ACADÉMIE FRANÇAISE

Nouvelle édition augmentée de quelques pages inédites

PARIS

LIBRAIRIE PLON

PLON-NOURRIT ET Cⁱᵉ, IMPRIMEURS-ÉDITEURS

8, RUE GARANCIÈRE - 6ᵃ

ŒUVRES COMPLÈTES DE MAURICE BARRÈS

Édition à tirage limité, dans le format in-8° écu, comprenant des exemplaires sur chine, sur hollande, et 1100 exemplaires sur papier pur fil des papeteries Lafuma.

Les volumes précédés d'un astérisque sont en vente (mai 1923).

PARIS. — TYP. PLON-NOURRIT ET Cie, 8, RUE GARANCIÈRE. — 29038.

AU

SERVICE DE L'ALLEMAGNE

LES BASTIONS DE L'EST

AU
SERVICE DE L'ALLEMAGNE

PAR

MAURICE BARRÈS
DE L'ACADÉMIE FRANÇAISE

Nouvelle édition augmentée de quelques pages inédites

PARIS
LIBRAIRIE PLON
PLON-NOURRIT et Cⁱᵉ, IMPRIMEURS-ÉDITEURS
8, RUE GARANCIÈRE - 6ᵉ

PRÉFACE
DE L'ÉDITION D'APRÈS LA VICTOIRE

La série des Bastions de l'Est *se compose de trois ouvrages :* Au service de l'Allemagne, Colette Baudoche *et le* Génie du Rhin.

Grâce à Dieu, Colette Baudoche *a perdu son actualité. Ce petit roman peut toujours nous rappeler ce que furent les filles lorraines au temps de la captivité, mais après la rentrée de nos troupes victorieuses dans la vieille citadelle, le message de la jeune Messine a perdu sa valeur absolue. Colette disait à ses compagnes ce qu'à son gré leur commandait l'honneur. Celles-ci l'entendaient, et lors du « procès des Colette », en juin 1910, une jeune couturière, Germaine Munier, passa devant le tribunal de Metz pour avoir déclaré, tout en tirant l'ai-*

guille dans l'atelier de couture de Fraülein
Constance Madsak : « Plutôt que de me voir
épouser un officier prussien, mon père préfére-
rai me noyer de ses mains dans la Moselle. »
Aujourd'hui, les jeunes Lorraines peuvent
écouter, si c'est leur désir, le conseil de Mistral,
qui, jugeant les choses sous le point de vue de
l'éternité, m'avait écrit dès le premier moment :
« Vous rendez si sympathiques le terroir et la
race que le bon gros Allemand Frédéric Asmus
est vaincu en peu de temps, et vaincu de façon
si naturelle et si honnête qu'on regrette vraiment la maussaderie finale de la petite Colette.
Étant donné que le germanisme finit toujours
par se fondre dans la latinité (à preuve la fusion
rapide des innombrables envahisseurs de l'empire romain), il est certain que, par le seul
effet des influences naturelles, les immigrés
allemands sont destinés à faire des fils et des
petits-fils lorrains, et par eux, la Lorraine
reprendra son autonomie. Je remarque, en
Provence, que les fils des métèques sont généralement plus ardents que les indigènes de

vieille roche. C'est le mystère de la greffe. Donc j'aurais vu avec plaisir le bon docteur Asmus contribuer à repeupler Metz de jeunes compatriotes. Il méritait bien cette jolie récompense. » Aujourd'hui, plus de difficulté à entendre le sage de Maillane. Les Françaises de l'Est, tout au long de la Moselle, de la Meuse et du Rhin, peuvent de nouveau céder à leur génie conciliateur. La minute de Colette est passée; celle de Mme Joseph Smeets commence.

Quant au Service de l'Allemagne *il garde sa pleine raison d'être*. Le jeune Ehrmann doit continuer d'être entendu. Plus que jamais, il faut que l'on sache que la France n'a aucun reproche à faire aux Alsaciens-Lorrains, qu'elle avait été contrainte de céder pour un temps à l'Allemagne, et qui, de ce fait, durent porter le casque à pointe. Par instant, des exclamations (et jusque dans le Parlement) pourraient donner à croire qu'il est encore des Français pour méconnaître deux faits indiscutables et d'immense importance :

1° *Nous avons abandonné (ah! certes,*

a

contre notre gré) les Alsaciens-Lorrains durant un demi-siècle. Dès lors, il ne nous appartient pas, à nous, Français de l'intérieur, de
chagriner aucun d'eux sur la manière dont il
s'est accommodé de l'intolérable situation que
nous avions dû leur faire. C'est aux Alsaciens
et aux Lorrains de se juger entre eux. Quant
à nous, nous avons le devoir de ne jamais oublier que ces sacrifiés durent subir une affreuse
gêne pour dégager la France. Il est des occa-
sions, quand le cri sinistre s'élève : « Un
homme à la mer », où le bateau, quand même,
doit continuer sa route. Le Lorrain, l'Alsacien,
furent cet homme à la mer, — et vous leur
demanderiez des comptes sur la vie qu'ils me-
nèrent, accrochés à l'épave, en attendant que la
France pût venir les relever! Qu'ils soient à
jamais honorés pour n'avoir pas une minute,
durant ce demi-siècle d'attente, cessé de préférer cette France qu'ils pouvaient croire dis-
parue sans retour.

2º Chacun comprend les Alsaciens et les
Lorrains qui ne purent pas s'accommoder du

régime allemand, et qui vinrent, après l'annexion, se fixer en France, où ils collaborèrent au relèvement national. Mais bénissons ces autres Alsaciens et Lorrains qui sont demeurés sur leur sol natal pour y maintenir la pensée française et qui, par là, nous épargnèrent en 1918 le plébiscite, que leur départ eût rendu inévitable et désastreux. Ils n'ont pas quitté l'Alsace-Lorraine ; ils ont suivi le conseil que Thiers et Napoléon III s'accordaient à leur donner après le traité de Francfort ; en conséquence de quoi ils ont été soldats allemands, et, à l'heure tragique, soldats contre la France... Eh bien! de toutes les victimes de la guerre, nulle qu'il faille plaindre davantage. Pour ma part, j'ai accepté la présidence d'honneur de l'Association des grands blessés lorrains, soldats allemands durant la guerre, aujourd'hui regroupés avec enthousiasme sous le drapeau de la France.

Quel problème! Quel drame! Son pathétique et la solution qu'il doit recevoir, le Service de l'Allemagne les marquait dès 1904.

Au lendemain de la victoire, les étudiants de Strasbourg m'en ont dit leur approbation dans une adresse que je retiens comme un titre de noblesse : « Vous avez fait connaître à la France la tâche qu'accomplissaient les Alsaciens et les Lorrains demeurés sur le sol natal. Vous avez fait comprendre que les gardiens fidèles du dépôt sacré servaient la France aussi efficacement que ceux qui, pour l'amour d'elle, avaient tout quitté. Et vous nous avez expliqué, à nous, les raisons d'être de notre attitude et de celle de nos pères; vous nous avez montré le moyen de subir, sans démériter, le joug étranger. Vous nous avez rendu sensible l'action de notre terre et de nos morts... »

Aujourd'hui, la victoire et la mort laissent nommer en toute liberté celui qui m'avait servi de modèle. Chacun désigne le docteur Bucher. Non que je l'aie décrit exactement; son œuvre dépasse de cent coudées la bonne volonté d'Ehrmann; mais, tandis que j'écrivais, il fut constamment sous mes yeux et, pour tous renseignements, à ma disposition.

*Ce que fut ce noble Pierre Bucher, grand
serviteur de l'Alsace, et sentinelle avancée de la
France sur le Rhin, ceux qui ne l'ont pas
connu l'entendront des voix les plus autorisées,
s'ils prennent « Pierre Bucher », ce livre qu'on
eût appelé autrefois le tombeau de Pierre
Bucher, et où notre ami repose, glorieusement
embaumé par les témoins de son apostolat,
et alors ils se joindront à l'applaudissement
unanime qui accueillit à la Chambre des
députés, le 22 février 1921, ma simple dé-
claration « l'histoire enregistrera que Pierre
Bucher a rendu de grands services à la
France ».*

*Comment j'ai vu Bucher pour la première
fois avant qu'il entreprît son œuvre, un jour
de juillet 1899, sur le champ de bataille de
Reichshoffen, je l'ai dit aux étudiants de
Strasbourg en réponse à leur adresse, et Henri
Albert, un bon serviteur, lui aussi, de l'Alsace
et de la France, a raconté cette première
journée d'une amitié dont il fut le principe.
J'étais allé le long de la Moselle, de Metz à*

Coblence, chercher des souvenirs et des espérances. Je n'avais recueilli que des souvenirs. Enfin, je vis le jeune Bucher, plein d'ardeurs qui n'avaient pas encore trouvé leur voie. Et j'écrivis Au service de l'Allemagne pour lui dire, à lui et à ses amis, l'admiration, la gratitude, l'espérance dont ils nous remplissaient. Une nouvelle Alsace-Lorraine venait de m'apparaître, à l'heure où, tous, nous sentions que la protestation dans sa forme originaire, du fait de l'âge et de la mort, s'épuisait.

Chose étrange, quand ce petit livre fut prêt, et que je le communiquai en manuscrit à Bucher, il se troubla et dut me confesser sa gêne, quasi sa réprobation. « Quoi! me disait-il, c'est là ce que nous sommes! » Avec toutes les hésitations que sa délicate amitié lui suggérait, il me pria de ne pas publier cet ouvrage. Je l'avais donné à la Revue des Deux Mondes. Je dis à Brunetière que je le retirais. « Et pourquoi donc? — Mes amis d'Alsace craignent que je les fasse mal juger! — Vos amis se

*trompent, vous les faites aimer et respecter.
Votre Bucher est un enfant, s'il ne comprend pas que vous couvrez d'honneur vis-
à-vis du monde toute une catégorie de jeunes
gens victimes du jugement le plus injuste. »*
Bucher avait réfléchi; il ne vit plus d'obstacle à cette publication, dont il devait,
par la suite, se faire le plus ardent propa-
gateur.

Nous fûmes également d'accord pour trouver
les formules qui définissaient la Revue alsacienne et le Musée alsacien, et plus tard pour
orienter les imaginations vers un aménage-
ment complet de la rive gauche. Pierre Bucher
était à côté de moi quand j'eus le profond
bonheur de donner à l'Université de Strasbourg
les leçons du Génie du Rhin qui composent le
troisième livre des Bastions de l'Est. Son
œuvre et son message, le mot d'ordre qu'il faut
retenir d'une telle vie, d'un tel combat, c'est le
cri glorieux sur lequel il termina sa harangue
du 22 novembre 1919, lors des fêtes et solennités
pour le rétablissement de l'Université française*

de Strasbourg : « *Notre suprême honneur, c'est d'être la garde, la garde française sur le Rhin.* »

Que telle soit désormais l'épigraphe du Service de l'Allemagne.

Mars 1923.

AVANT-PROPOS

Pour bien entendre ce livre, il faut savoir qu'il est un commencement et un épisode, — un épisode, détaché d'une œuvre à laquelle je me préparais, alors même que j'ignorais devoir, un jour, l'entreprendre.

Ce n'est pourtant pas que ce livre soit un fragment; il contient toute l'aventure du jeune bourgeois alsacien à la caserne allemande, mais ce grand drame moral n'est qu'une scène, dans la longue tragédie qui se joue sur le Rhin entre le Romanisme et la Germanie.

Au Service de l'Allemagne *représente un moment dans la vie éternelle de nos Bastions de l'Est.*

Les populations d'outre-Rhin ont envahi vingt-huit fois la France; un homme vit assez pour assister à quelques engagements, mais quelle qu'en soit l'issue, il ne peut rien préjuger quant au résultat d'une guerre dont l'origine appartient à la préhistoire.

Cette querelle pour la possession du Rhin ressemble assez à la lutte entre le soleil et la pluie, qui se perpétue d'alternative en alternative.

Il peut arriver, par telle ou telle vicissitude de la politique, que des maîtres d'un sang étranger nous soumettent, mais il ne dépend point des vainqueurs que le sang du vaincu soit modifié.

Les épisodes que je publierai successivement feront voir la constance du caractère de nos marches, sous les changements de physionomie que leur impose la fortune guerrière.

Ceci dit, on comprendra pourquoi nous avons donné tant de développements aux chapitres sur la montagne de Sainte-Odile. J'aurais pu les intituler ouvertures, si ce titre n'avait risqué de paraître prétentieux. Ils président à toute la suite de ces petits volumes dont ils résument par avance l'esprit.

Je crois de moins en moins à l'efficacité des explications didactiques. Quand un logicien de grand talent nous oblige à l'écouter, il nous convainc de sa supériorité plus qu'il ne nous persuade. Il faut mettre dans les esprits des sortes de germes, des faits, si forts qu'ils grandissent d'eux-mêmes, après que nous nous sommes tus. Si l'on veut sentir ce qu'il y a de réel dans l'idée de patrie, de quelle manière notre nation française s'est constituée et comment elle pourrait périr, quels services elle rend à chacun de nous et jusqu'à quel point sa diminution diminue le plus modeste citoyen, qu'on jette les yeux sur cet ouvrage.

Je n'y parle de rien que je ne connaisse.

J'aurais pu donner, çà et là, dans mon récit, un coup de pouce pour produire l'effet, mais je respectais trop mon sujet pour chercher rien d'autre que la justesse du sentiment.

Si les Allemands me font l'honneur de me lire, ils sont prévenus que l'auteur, étant un Lorrain français, juge nécessairement toutes choses par rapport à la Lorraine et à la France.

Aux frontières de l'Est, ma petite nation, à travers les siècles, a joué un rôle principal dans cet antagonisme de races, où je suis à mon tour un modeste combattant. J'écrivais, il y a quelques années : « Ce sera l'honneur de ma carrière d'écrivain si je puis, un jour, apporter plus de lumière sur les magnifiques luttes rhénanes, lutte entre les intelligences et dans chaque intelligence. »

Charmes-sur-Moselle, 1905.

AU
SERVICE DE L'ALLEMAGNE

CHAPITRE PREMIER

UN PAYS « WELCHE » SUBMERGÉ

J'ai passé le mois de septembre 1902 chez un ami d'enfance, le comte d'Aoury, dans la Lorraine annexée. C'est sur le triste étang de Lindre, auprès du promontoire boueux où les masures de Tarquimpol survivent à la ville romaine de Decem Pagi.

Bien que j'aie entrevu un grand nombre de pays fameux, nul ne m'attire davantage que cette région des étangs lorrains. Son délaissement et sa délicatesse épurée exercent sur mon esprit une véritable fascination.

Ce qui frappe d'abord sur notre plateau de Lorraine, ce sont les plissements du terrain ; ils se développent sans heurts et s'étendent, largement. De grands espaces agricoles, presque toujours des herbages, ondulent sans un arbre, puis, çà et là, sur le renflement d'une douce courbe, surgit un petit bois carré de chênes, ou quelque mince bouquet de bouleaux. Dans les dépressions, l'herbe partout scintille, à cause de l'eau secrète, et l'on voit des groupes de saules argentés. Nulle abondance, mais quel goût !

La vertu de ce paysage, c'est qu'on n'en peut imaginer qui soit plus désencombré. Les mouvements du terrain, qui ne se brisent jamais, mènent nos sentiments là-bas, au loin, par delà l'horizon ; ces étendues uniformes d'herbages apaisent, endorment nos irritations ; les arbres clairsemés sur le bas ciel bleu semblent des mots de sympathie qui coupent un demi-sommeil, et les routes absolument droites, dont les grands peupliers courent à travers le plateau, y mettent une

légère solennité. Nul pays ne se prête davantage à une certaine méditation, triste et
douce, au repliement sur soi-même. C'est
grêle, peut-être, c'est en tout cas d'une élégance morale et d'une précision sensibles à
celui qui se choque des gros effets et de l'à
peu près.

Mais pourquoi cette atmosphère de désastre qui enveloppe la terre lorraine? Les
arbres y sont penchés, courbés depuis leur
naissance par un vent qui diminue la végé-
tation. On se croirait sur de hauts plateaux,
à six cents mètres au moins. Pour résister à
ce continuel balayement, les fermes, les
chaumières ont été construites basses, écra-
sées. C'est un consentement de tous les objets
à la mélancolie.

Dans cette région, les étangs sont nombreux ; on les vide, les pêche et les met en
culture toutes les trois années. Il y en a cinq
grands et beaucoup de petits. Leur atmosphère humide ajoute encore une sensation à
cette harmonie générale de silence et d'humi-

lité. Leur cuvette n'est pas profonde ; çà et là, jusque dans le centre de leur miroir, des roseaux et des joncs émergent, qui forment de bas rideaux ou des îlots de verdure. Sur leurs rives peu nettes et mâchées, l'eau affleure des bois de chênes et de hêtres. Et nulle chesnaie, nulle hêtraie je dirai mieux, — tant est frappante la grâce de ces solitudes, — nullé société féminine ne passe en douceur et en perfection de goût ces lisières où il y a toutes les variétés de l'or automnal avec des courbes de branches infiniment émouvantes.

Quand le soleil s'abaisse sur ces déserts d'eaux et de bois, d'où monte une légère odeur de décomposition, je pense avec piété qu'aucun pays ne peut offrir de telles réserves de richesses sentimentales non exprimées.

Il y a dans ce paysage une sorte de beauté morale, une vertu sans expansion. C'est triste et fort comme le héros malheureux qu'a célébré Vauvenargues. Et les grandes fumées industrielles de Dieuze, qui glissent, au-dessus des arbres d'automne, sur un ciel bas d'un bleu pâle, ne gâtent rien, car on dirait d'une traînée de désespoir sur une conception romanesque de la vie.

La pensée historique qui se dégage de ce plateau lorrain s'accorde à cette poésie. Ici, deux civilisations, l'allemande et la française, prennent contact et rivalisent ; les deux génies, germanique et latin, se disputent pied à pied la possession des territoires et des âmes. Par une chance à la fois détestable et bienheureuse, je vis ma courte vie lorraine précisément dans une période où la bataille, sur ce point géographique, est de plus grande conséquence qu'elle ne fut depuis quatorze siècles. Le sort, en me faisant naître sur la pointe demeurée française de ce noble plateau, m'a prédisposé à comprendre, non seulement avec mon intelligence, mais d'une manière sensible, avec une sorte de volupté triste, le travail séculaire qui pétrit et repétrit sans trêve ma patrie !

Dans cet automne je suivais, instruit par le savant M. Pfister, la frontière linguistique. J'ai dû constater qu'elle s'était déplacée au bénéfice de l'Allemagne. D'antiques territoires welches commencent à parler allemand, sous les dures mesures administratives des vainqueurs. Les étangs de Lorraine, qui firent avec leurs fosses peu profondes et leurs frêles roseaux un obstacle de quatorze siècles à la langue allemande, voient aujourd'hui des enfants, préparés par l'antique culture de Metz, qui baragouinent les mots insensés de la Germanie, oui, des mots dénués de sens profond pour des Welches.

Ces populations welches qui, à travers les siècles, sans discontinuité, avaient parlé latin et puis français, ne peuvent pas supporter les contraintes de l'annexion. Elles sont parties en masse, dès 1871, et, chaque année, continuent à s'expatrier. Ce vieux pays celtique et romain se vide de la France. Ce n'est pas assez dire ; sur de longs espaces, il devient un désert. Les Allemands, qui se pressent en Alsace, hésitent à s'installer dans cette Lorraine où ils se sentent étrangers et perdus. De nombreux villages sont tombés de six cents habitants à trois cents. Et tandis que les industriels amènent des milliers d'ouvriers italiens, voici que les fermiers embauchent des équipes de Polonais (1).

J'ai pu le bien voir, ce grave dépérissement de la Lorraine annexée, parce que le beau-frère de mon hôte, un jeune homme de vingt-cinq ans, grand chauffeur, avait l'obligeance de me promener sur toutes les routes.

A deux lieues de Dieuze, du côté de la France, nous visitions souvent l'antique petite Marsal, qui fut bombardée en 1870.

Rien de plus douloureux au milieu de l'immense plaine que ses murailles à la Vauban, déclassées, mais intactes, et auxquelles le temps n'a point donné le pittoresque, l'apai-

(1) Voir la note I, page 235.

sement par le pittoresque, qu'il y a par exemple
dans une ruine féodale. On n'a pas pris souci
de rien démolir ni combler ; le gouvernement
a vendu l'ensemble des fortifications, moyen-
nant trente mille marks, à la ville, qui les loue
comme elle peut pour des jardins et des pâ-
tures. Des poules y courent, un corbeau
croasse à deux pas.

De onze cents habitants qu'elle comptait
avant la guerre (et dans ce chiffre n'entrait
point la garnison), Marsal est tombée à six
cents. L'hôtelier avec qui je cause et qui s'est
installé dans la « maison du commandant de
place », vient d'acheter pour trois mille marks
le « fort d'Orléans », un énorme corps de bâti-
ment avec seize hectares dont deux d'étangs.
On ne bâtit plus à Marsal, et qu'une maison
brûle, on ne la relève pas. De-ci de-là, le long
des rues, je vois des ruines recouvertes d'or-
ties. Mais ce qui serre le plus le cœur, c'est
peut-être de reconnaître toutes les formes
de l'ancienne vie modeste, aimable, à la
française. N'est-ce pas ici la place d'Armes,

avec les débris du carré de tilleuls où, le dimanche, la musique militaire rassemblait la population? J'arrête un petit garçon. Une jolie et intelligente figure du pays messin ; beaucoup de douceur, très peu de menton et la voix grave.

— Savez-vous l'allemand? lui dis-je.

— Pas beaucoup.

— Ne le parlez-vous pas?

— *Des fois.*

Comme je l'aime, ce « des fois » si lorrain ! Comme il m'attendrit, ce sage enfant perdu sous le flot allemand, petite main qui dépasse encore quand notre patrie commune s'engloutit !

Tout me crie que la raison *deutsche*, en travaillant à détruire ici l'œuvre *welche*, diminue la civilisation. Et, par exemple, les édifices militaires français du dix-huitième siècle, tels qu'on les voit à Marsal, avec leurs façades blanches et graves, avec leurs proportions élégantes et naturelles, qu'on les compare aux abominables et coûteuses casernes qui, non loin de là, dominent Dieuze : il apparaît jusqu'à l'évidence que chez l'Allemand la culture des sens demeure encore barbare.

A Marsal, rien ne parle que de la France ; une autre ville dans notre voisinage me fournissait des sensations plus lorraines. Je veux parler de Fénétrange, aujourd'hui Finstingen.

La sèche Marsal, jadis poste romain et hier poste français, peut être dite une guérite militaire. Elle n'eut jamais d'autre vie que celle des veilleurs étrangers. Mais Fénétrange est vraiment une plante de notre sol. Son activité fut tout indigène. Jusqu'en 1791, elle était le chef-lieu d'une grande seigneurie passablement importante. Aujourd'hui encore, assez allègre et forte dans sa déchéance, elle semble un bon arbre dru, dont les racines, à chaque saison, descellent davantage une vieille pierre tombale écussonnée.

Quand on arrive par la route de Phalsbourg, soudain, — au milieu des prairies, des saules et des sureaux où la Sarre serpente, — la dure, la guerrière, l'étrange Fénétrange se

dresse comme une tour. Elle garde la discipline de son antique fossé disparu, et, sur les
bords sinueux, mais très nets, du rond qu'elle
forme dans ces beaux herbages, on distingue
encore çà et là, domestiquées pour d'humbles
usages, les guérites de sa muraille. Le château,
bien qu'en pourriture,˖ écrase de sa haute
masse tout le pâté confus des maisons ; ses
fenêtres sont à demi bouchées de briques
ignobles, mais leur style Renaissance inté·
resse ; ses murs sont lépreux, ils gardent du
moins de beaux mouvements et se renflent
comme des poitrines ou des boucliers.

J'aime que, morte, cette seigneurie tienne
encore debout. Mais je goûte, à mes heures
de flânerie, la volupté de m'attendrir, et, par
un froid matin d'automne, — à l'heure où les
marteaux retentissent sur les cuves de ven-
dange pour assurer les douves et que les
chiens aboient leur allégresse de partir pour
la chasse, — je m'enchante que cette petite
ville avoue la faiblesse des forces dont jadis
elle fut si vaine. Au nord-ouest, les forti-

fications de Fénétrange n'ont été touchées
que par le temps ; sous le ciment qu'il a détaché, apparaissent de misérables pierrailles,
et l'on s'assure qu'un boulet n'eût fait du
tout qu'une poussière.

Cette ville dans son rempart ruineux, c'est
une petite vieille qui garde trop longtemps
une robe de dentelles souillées et déchirées.
Les toitures à hauts pignons de ses tours sont
couvertes de tuiles plates, d'un brun-rouge
noirci par la mousse ; en s'affaissant inégale-
ment, elles ont formé les bombements les plus
délicats, et Fénétrange semble porter au col
ces ruches que les femmes tuyautent avec des
fers chauds.

J'ai essayé de reconnaître le château : sa
cour intérieure, de belle proportion, est désho-
norée par le fumier, et six familles y étalent
leur malpropreté. L'élégante chapelle des sires
de Fénétrange est devenue l'étable des porcs,
et l'agitation de ceux-ci empêcha que je lusse
l'épitaphe de ceux-là.

C'est quand il flotte au ciel des lambeaux

de nuages violets qu'il fait bon visiter Fénétrange. Cette atmosphère de deuil est fré-
quente sur la région de la Sarre, voisine
des landes incultes et des pauvres forêts que
l'on nomme la Sibérie alsacienne.

Mes hôtes allaient souvent chasser, fort
loin de Lindre-Basse, aux environs de Nieder-
Stinzel. Je les accompagnais à cause des vestiges qu'on y voit du château de Géroldseck.
Ses pauvres pierres n'ont plus de forme ni
d'histoire ; mais, par la manière dont les en-
cadre un paysage silencieux et triste, elles
hyperesthésient en moi cette rêverie sur l'histoire, cette musique de vie et de mort, cette
vue nette de l'écoulement des siècles et de
leur dépendance, qui deviennent toute mon
âme, sitôt que je pénètre en Lorraine.

La ruine repose solitaire sur un tapis de
verdure, au centre d'une large cuvette, dont
les pentes douces portent des vignes et des
bois. Les fossés qu'elle a remplis de ses décombres ne font plus qu'une légère dépression circulaire, où l'on voit briller l'eau

comme dans les ornières d'un char. A quelques mètres, l'étroite Sarre coule à pleins
bords, au ras de la prairie.

Jamais je ne vins à Géroldseck qu'il n'y eût
dans le ciel une traînée de pluie. Les chas-
seurs partis, je demeurais indéfiniment à
écouter cette vaincue, qui peut paraître sans
voix et sans mémoire. On ne sait rien de
notable sur cette ruine de frontière. Je l'aime
comme une belle insensée, comme tels vers
mystérieux qui ne vivent que de leur musique :

> Je suis le ténébreux, le veuf, l'inconsolé,
> Le prince d'Aquitaine à la tour abolie...

Dans ce décor, je me répète que Chopin
naquit d'un Lorrain et d'une Polonaise,
Hugo d'un Lorrain et d'une Bretonne, Claude
Gellée d'une longue suite lorraine. On nous
croit l'âme glacée, moqueuse. C'est qu'on
nous juge sur la discrétion de nos cœurs.
Mais un écrivain, un peintre, un musicien,
les plus chargés de poésie qu'il y ait en

France, vivent de nos manières de sentir.
Nos deux princesses malheureuses, Marie
Stuart et Marie-Antoinette, passent en fierté
romanesque toutes les héroïnes et ne cèdent
qu'à la sainte gloire de Jeanne... Ainsi notre
orgueil se satisfait silencieusement à constater que notre eau souterraine alimente les
plus fameuses nappes de la vie héroïque.

Hélas! quel malheur, si le flot barbare
vient gâter notre mélange gallo-romain, et
si le juste dosage que l'infiltration germanique avait respecté durant quatorze siècles,
doit être vilement chargé de barbarie!

Quand je pense à la tour de Géroldseck, à
Fénétrange, à Marsal, à Phalsbourg, — petites villes rondes, cernées dans leurs remparts,
qui ne sont guère plus hauts que la margelle
d'un puits, — je les vois vraiment, ces for-
teresses lorraines, comme des puits qui plongent dans le passé. Si loin que j'aille puiser,
que ce soit dans la pure cité gallo-romaine
ou dans le château féodal, dans la forte-
resse de Vauban ou dans la citadelle fran-

çaise du dix-neuvième siècle, je trouve le goût latin mêlé d'une proportion infime d'allemand. Or, voici qu'on veut empoisonner, combler ces antiques sources de ma race.

CHAPITRE II

LÉGITIMITÉ

DE LA FAMEUSE MÉFIANCE LORRAINE

J'étais venu à Lindre-Basse sans un projet précis d'études. Mais après deux semaines que je me prêtais aux mortelles tristesses du paysage, je fus nécessairement conduit à observer la guerre que la France et l'Allemagne, la tradition latine et la tradition germanique, se livrent éternellement dans cette « marche ». Depuis la maison de mes hôtes, je voyais le flot d'outre-Rhin tout envahir et tout ruiner. Pour me soustraire à cette dépression française générale et pour sortir du vague, j'entrepris de rassembler des petits faits significatifs.

Au début de l'année 1900, le gouvernement impérial a substitué au code civil fran-

çais, qui régissait depuis un siècle l'Alsace-
Lorraine (et aussi les pays allemands sur la
rive gauche du Rhin), un ensemble de dispo-
sitions communes désormais à toute l'Allemagne. Je me proposai de rechercher si cette
nouveauté (qui est à peu de chose près le
code prussien) modifierait sensiblement les
mœurs, l'orientation, « l'âme » enfin, des
pays annexés.

Mes hôtes me servirent de peu. Aoury
aimait le climat, les grandes plaines et la
population si fine et raisonnable de sa Lorraine natale, où son esprit réaliste et dégoûté
de toute emphase s'accordait, mais la mesure
des passeports, pendant une longue suite
d'années, l'avait tenu dehors. C'était seulement le second automne qu'il revenait à
Lindre-Basse. Il ne connaissait plus l'état
des choses, et d'ailleurs il songeait moins à
observer qu'à ne pas se faire remarquer. Il
ignorait plus qu'on ne saurait croire la
langue et les principes des vainqueurs. —
Disons-le en passant, cette ignorance com-

mune à tous les Lorrains est l'une des causes
qui font leur sujétion plus complète que celle
des Alsaciens. Les annexés du pays messin
se croient, bien plus que ce n'est exact,
livrés au bon plaisir des Allemands. Ils ne
savent pas comment résister sur le terrain
légal. En outre, ils éprouvent une répugnance
presque exagérée pour tout ce qui leur
semble de la bravacherie. — A Lindre-Basse,
on se donnait pour première loi de vivre en
bons termes avec le Kreis-Director. On n'y
trouvait point de difficulté : les administra-
teurs allemands, par tempérament, sympa-
thisent avec les « classes élevées » et, par
système, ils se proposent de les gagner à la
germanisation. Parfois il fallait loger au
château et recevoir à table des officiers en
manœuvres. On admirait leur formation aristocratique, en même temps qu'on raillait leur
manque général de goût.

A Lindre-Basse, comme dans toute cette
Lorraine welche, on vivait exactement la vie
provinciale française, qui reçoit de Paris sa

principale animation. Mme d'Aoury, bien que
née Provençale, était la plus vivante et la
plus gracieuse des Parisiennes de vingt-cinq
ans. Elle possédait, tout juste pour s'en parer
devant les Français qui venaient chasser à
Lindre-Basse, le petit vocabulaire sentimen-
tal que certains romans nous fournissent sur
les pays annexés. Quant à son mari, qui n'aimait pas la République, il se plaisait à relever devant ses hôtes ce qu'il y a dans l'esprit
aristocratique allemand qui favorise les intérêts d'un propriétaire terrien. Ce n'était point
qu'il se ralliât le moins de monde à la civilisation germanique, mais, bien au contraire,
il était si prisonnier des formules françaises
qu'en Alsace-Lorraine, il continuait son personnage de Français d'opposition ; il y cherchait, sans plus, des arguments contre notre
démocratie.

La remarque pouvait être juste. En effet,
le génie démocratique français tend comme
à un idéal à l'égalité de fait entre les citoyens.
Le code napoléonien poursuit la division à

l'infini des propriétés, déracine moralement
et matériellement nos fils, nous limite à une
œuvre viagère et supprime les familles chefs
ou, si vous voulez, les influences indigènes.
— Au contraire, l'art social, selon les Allemands, c'est de fonder, de maintenir et de
perpétuer des domaines où puissent se former
des « autorités sociales ».

Toutefois, ces lieux communs devaient
être serrés de plus près. Il fallait voir si cet
esprit antidémocratique est saisissable dans
les articles même du code. allemand. Pour me
renseigner à ce sujet avec méthode, je me fis
introduire chez les notaires de la région.

Je constatai que les nouveaux maîtres ten-
dent à créer en Alsace — à défaut de nobles
qui possèdent des privilèges précis — des
notables qui jouissent d'une influence supérieure grâce aux avantages de la fortune.
Pour y parvenir, leur code fortifie la famille
et la propriété terrienne. Il cherche à allonger
vers l'avenir les pensées fortes des citoyens ;
il favorise la reconstitution de la grande

propriété en organisant les échanges de par-
celles entre propriétaires ; il écoute, respecte la volonté des morts et leur maintient
ainsi une puissante activité posthume.

Un Alsacien-Lorrain ne meurt plus, comme
il fût mort sous la loi française, en sachant
que l'œuvre de sa vie va être détruite. Ni
l'individu ni la société n'y trouveraient leur
compte.

A défaut de la liberté absolue de tester, le
citoyen allemand trouve dans son nouveau
code tout un système de libertés. Tandis
que la loi française oppose mille difficultés
aux fondations d'intérêt public et interdit les
fondations d'intérêt privé, en Alsace-Lorraine, aujourd'hui, toutes les combinaisons
d'ordre privé ou public sont possibles. Sans
doute, le Statthalter annulerait une fonda-
tion qui distribuerait des primes aux jeunes
Alsaciens rejoignant l'armée française. Mais
un Alsacien-Lorrain peut prendre telles dis-
positions qu'il lui plaira pour assurer des dots
à ses filles, à ses petites-filles et à toute leur

suite, pour favoriser ceux de ses descendants mâles qui choisiront une carrière déterminée, pour maintenir son industrie ou sa propriété, pour subventionner telles études ou tels plaisirs qu'il désigne. Il constitue un bien en argent ou en immeubles, il prend des arrangements qui rendent l'aliénation impossible, il nomme un conseil d'administration, et voilà que, mort, il agira encore, plaira, déplaira, interviendra, fécondera la vie.

Une autre liberté que donne le nouveau code, c'est que, par-dessus la tête de ses enfants, l'Alsacien-Lorrain peut instituer héritiers ses petits-enfants, grevés à leur tour de substitutions fidéi-commissaires au profit de leurs propres enfants ; on assure ainsi la permanence de sa propriété familiale pendant trois générations ; puis un arrière-petit-fils, si sa raison le lui conseille, prendra des mesures pour renouveler la substitution (l'héritier ainsi grevé est propriétaire de la succession, il en jouit ; ses droits et ses obligations sont restreints seulement dans la mesure nécessaire pour assurer les intérêts du substitué. En somme, c'est une position analogue à celle de l'usufruitier) (1).

J'avoue que ces faits m'emplissent d'enthousiasme. Ce sont les moyens d'un magnifique drame, les manœuvres les plus récentes et les plus savantes de la grande bataille germano-latine. Après les généraux, voici les juristes en présence, et vraiment, les cartouches de dynamite les plus adroitement placées sont moins redoutables que ces ternes articles du code, pour faire sauter la vieille et solide construction française en Alsace.

Le frère de Mme d'Aoury, M. Pierre Le Sourd, me conduisait lui-même dans son automobile. A voir combien il menait vite, n'admettant pas que les voituriers ou les troupeaux le retardassent d'une seconde, on eût cru que ce jeune homme de vingt-huit ans courait à un plaisir. En réalité, les séances

(1) Voir la note II, page 237.

chez les tabellions l'ennuyaient. Je pourrais dire qu'elles l'irritaient. Et sur mon éternelle question : « Pensez-vous, monsieur le notaire, que votre nouveau code puisse entraîner une modification dans les mœurs?... » il ne manquait jamais de couper au court avec un air et sur un ton de chef :

— Laissez donc tout cela, mes chers messieurs. La question, c'est simplement de savoir si vos gars sont disposés à prendre leurs fusils de chasse ou même leurs fourches, quand arrivera le coup de chien.

La première fois, il me fit plaisir, car j'aime que les personnes irréfléchies aient du moins un naturel généreux ; mais, à la longue, il m'excéda. J'avais déjà tant de mal à desserrer un peu la bouche de mes notaires, triplement cadenassés par la discrétion de leur charge, par la méfiance de leur race, et par leur prudence de vaincus ! Je fus enchanté quand ce sympathique et insupportable casse-cou refusa de passer les portes où il continuait pourtant de me conduire.

Si je suis reconnaissant à mon compagnon de m'avoir montré le pays à toutes les heures de l'automne et jusque dans les petites villes les plus délaissées, je lui ai plus d'obligation encore pour une scène où il fut absurde, mais qui m'a fait toucher la légitimité de la fameuse méfiance lorraine. Grâce à Pierre Le Sourd, je sais, ce qui s'appelle savoir, que, sur notre pays de marche continuellement écrasé, ce soi-disant défaut est la condition même de notre existence.

Un soir, j'étais à Marsal. Après avoir longuement causé avec le notaire, je regagnai l'auberge. Le Sourd fumait des cigarettes, debout, contre le poêle; dans un coin, un jeune homme, penché sur une table, auprès de sa bicyclette, étudiait une carte. Je demandai à cet étranger quelques renseignements, non point que j'en eusse besoin, mais c'est pour moi, j'avoue cette puérilité, un plaisir triste et voluptueux, une poésie d'entendre le doux accent messin. Malheureusement, mon homme était Alsacien. Le Sourd

nous interrompit pour savoir si j'avais fait
« une bonne récolte ». (Mon Dieu ! comment
l'admiration de quelques gardes-chasses peut-
elle donner aux jeunes nobles une si sûre
confiance en eux-mêmes?) Je lui répondis
que je venais de me documenter sur la situation des femmes :

— Les races du Nord, ajoutai-je, n'ont pas
au même degré que nous l'idée de la supériorité du mâle ; aussi je ne m'étonne point
si le nouveau code allemand a tâché de favoriser les femmes ; mais le curieux, c'est qu'au
dire du notaire que je quitte, il aboutit invo-
lontairement à les desservir.

— Vous causiez de femmes ! Eh bien !
votre tabellion vous a-t-il dit que les Prussiens les mettent en fuite? J'ai battu toute
la ville sans rien voir que de vieux.

— Vous avez raison, observa le jeune
Alsacien, les jeunes filles d'ici, qui sont d'ailleurs d'un type très sympathique, quittent
toutes le pays ; elles vont chercher des
places en France. Le plus souvent, elles com-

mencent par Nancy, d'où elles gagnent Paris.

J'ai remarqué cent fois que Le Sourd ne peut pas supporter qu'on lui explique quoi que ce soit. Il porte partout une vanité de sportsman. Sur toutes choses, il prétend régler, protéger et trancher. — C'est une disposition, d'ailleurs, que l'on peut utiliser pour se faire servir par lui. — Entre deux bouffées de cigarette, il décida que les jeunes filles lorraines avaient raison de partir.

— Grosse question, dit l'Alsacien, car beaucoup d'entre elles glissent nécessairement dans la prostitution.

J'approuvai cette réplique et, sur de vagues indices, jugeai que c'était l'heure de rompre les chiens. Je sortis une seconde pour avertir le chauffeur d'allumer ses phares. Quand jé revins, Le Sourd déclarait qu'il vaut mieux être une bonne fille à Paris que de faire des enfants prussiens en Alsace-Lorraine. Et comme nous protestions, il nous punit en élargissant encore sa pensée.

— J'estime plus, quoi qu'il advienne d'eux par la suite, les pauvres b... qui passent la frontière que les renégats qui, par peur de la Légion étrangère, portent le casque à pointe.

Le jeune inconnu se leva. Avec une émotion fort touchante et sans geste ridicule, il dit :

— Je suis un bon Alsacien. Dans huit jours, j'entre à la caserne à Strasbourg. Monsieur, je dois vous demander de retirer les mots de *renégat* et de *peur* que vous venez d'employer.

J'en avais le cœur serré. Moi, dans un cas identique, je ferais toutes les excuses, car je verrais, à la seconde, la bataille de Wœrth, le siège de Strasbourg, la séance du 3 mars de l'Assemblée de Bordeaux, les trente années d'atermoiement de la France... Les Français ne se sont pas conduits d'une telle manière qu'il leur soit permis de faire un seul reproche à ceux que, pour se dégager, ils ont sacrifiés en 1871... Mais Le

Sourd n'avait pas d'imagination. Quand nous touchions à un magnifique cas de conscience, et dans un problème où toute une nation était intéressée, il ne pensa qu'à sa personne.

— Sachez, dit-il, que sur aucune sommation je n'ai coutume de retirer mes paroles. Ce qui est dit est dit.

Une telle réponse prouve qu'il est plus aisé de connaître les formules de l'honneur que de connaître où est l'honneur.

Aucun des deux jeunes gens n'avait de cartes, ils inscrivirent leurs noms sur des enveloppes qu'ils échangèrent. Et l'Alsacien, par une sorte d'hommage à la supériorité française, en remettant son papier à Le Sourd, me demanda :

— Est-ce bien ainsi, monsieur?

Ah! je vous prie de croire que dans l'automobile, je ne me privai point d'éclairer mon absurde compagnon sur les inconvénients de cette algarade. En vain me disait-il qu'un Alsacien, sous un casque à pointe, c'est pire qu'un Prussien, et que, pour le plaisir d'avoir parlé franc, il était prêt à toutes les conséquences.

— Très bien, lui répliquai-je ; mais vous, votre beau-frère et votre sœur, vous serez reconduits à la frontière.

Mon ami Aoury était en voyage pour une huitaine de jours. Le temps manquait pour le rappeler, et d'ailleurs une dépêche nécessairement énigmatique l'eût trop inquiété. Parmi les hôtes du château, il n'y avait personne d'utile. Pouvais-je compter sur sa jeune femme, fort intelligente, mais si frivole et qu'une souris fait évanouir?

On dîna tard à Lindre-Basse, ce soir-là, car, dès notre arrivée, je fis porter un mot à la comtesse, qui s'habillait, pour la prier de me recevoir immédiatement. Elle vint me rejoindre dans un salon près de sa chambre. En dépit de ma contrariété, j'éprouvai le plus vif plaisir à la voir nerveuse, charmante, deux fois inquiète : de sa coiffure interrompue, plus, peut-être, que de ma démarche.

— Au moins, monsieur, disait-elle, ce n'est rien qui doive m'ennuyer?

Derrière toutes ses grâces et ses puérilités, cette jeune Mme d'Aoury me laissa voir tout de suite la plus solide raison. Elle comprit d'abord quelle mauvaise posture elle aurait devant son mari, si son frère les faisait expulser.

— Eh bien ! lui dis-je, votre frère pourrait exprimer ses regrets.

— Laissons cela... Votre Allemand, comment l'appelez-vous? (elle lisait la carte : « Paul Ehrmann, étudiant en médecine à l'Université de Strasbourg ») n'en jaboterait que davantage.

— Permettez ! cet Alsacien, quels que soient ses sentiments intimes que j'ignore, est, selon moi, très respectable; ce n'est pas lui, c'est la France entière qui a signé le traité de Francfort. Allons, les torts viennent de votre frère ! Si Le Sourd étudiait un peu la situation en Alsace-Lorraine...

Elle écarta d'un sourire ma mauvaise humeur et me ramena sur l'essentiel :

— Pierre collabore comme il peut à vos études... Ce n'est pas un penseur que mon frère, c'est un chauffeur... N'essayez pas qu'il comprenne ni qu'il fasse des excuses ; ce serait bien long. Oui, nous sommes ainsi dans la famille. Trois choses me paraissent plus faciles : que ces messieurs se battent, que personne n'en sache rien, et qu'ils deviennent des amis.

— Mais pour se battre, il faut quatre témoins, des médecins, et voilà un secret bien exposé !...

— Vous êtes notre ami, et M. Ehrmann vous plaît... J'ai confiance dans votre diplomatie. Amenez ce jeune homme prendre une tasse de thé avec nous... C'est impossible... Eh bien ! amenez-le se battre dans le parc. Il ne partira pas sans que j'aie tout apaisé.

— Nous revoici, lui dis-je, à l'époque d'Homère quand les déesses présidaient d'un nuage aux batailles des héros.

3

Nous rejoignîmes les hôtes du château qui avaient refusé de se mettre à table sans la maîtresse de maison. Elle échangea quelques paroles avec son frère : d'abord elle le grondait ; mais visiblement elle ne tarda guère à l'admirer. Ils m'appelèrent. Il me dit avec gentillesse qu'il se rangeait à tout ce qu'elle et moi, nous déciderions, sous réserve qu'il ne ferait pas d'excuses. Bien que son absence d'imagination représentative continuât de me choquer, je l'aimais, ce gros égoïste en smoking, parce que, tel quel, il était le frère de cette habile et noble petite créature dont le visage lumineux ne se troublait point sur un bruit d'épées.

Cependant, deux heures après, en pleine nuit et par quelle humidité, quand je filai en automobile, cette fois seul avec le mécanicien, pour relancer à Fénétrange le jeune M. Ehrmann, je pestais contre cette corvée du hasard. Quelle dure inintelligence des autres êtres, tout de même, chez Le Sourd et chez sa sœur ! Pas un instant, ils n'ont pris

en considération la dignité propre de M. Ehrmann, si odieusement froissée. A peine ai-je
pu obtenir qu'ils le nommassent sans mépris.
Mon déplaisir, qui avait la qualité douloureuse du remords, augmenta, quand, les
yeux encore pleins des lumières, de la cha-
leur et de l'aimable animation de Lindre-
Basse, j'arrivai dans la pauvre auberge où
ce devait être si dur d'être seul à remâcher
une injure.

Il était près de dix heures. M. Ehrmann
était remonté dans sa chambre. L'aubergiste
s'assura depuis la rue que son hôte avait
encore de la lumière et lui porta ma carte
avec deux mots. M. Ehrmann ne me fit pas
attendre.

Mes premiers mots, nécessairement fort
mesurés, furent pour lui marquer, ce qu'il
avait pu entrevoir, que je ne m'associais pas
aux sentiments de mon jeune compagnon.
Du ton le plus digne, il me répondit que la
manière de voir, exprimée par M. Le Sourd,
était par certains côtés généreuse, mais qu'elle

supposait une grande ignorance de l'état des choses en Alsace-Lorraine.

— J'ai bien reconnu, me dit-il, l'esprit qu'entretiennent en France les Alsaciens qui ont opté.

Il s'arrêta. J'aurais voulu qu'il complétât sa pensée. Son cœur était-il donc allemand ou français? Je ne parvins pas à le démêler. Nous nous assîmes au café; il se taisait et m'attendait, accoudé tout près de moi sur une table. Je repris à voix basse à cause des buveurs qui nous entouraient :

— Je ne viens pas au nom de M. Le Sourd. Et s'il avait l'idée de me remettre ses intérêts, je puis vous dire que je déclinerais sa confiance. Mais je vois de grands inconvénients à ce qu'une telle affaire, plus pénible au reste que grave, ait des suites.

— Permettez ! me dit-il, — et ses yeux avaient l'éclat fort de la jeunesse et de la volonté, — si l'on est traité de lâche et que l'on ne relève pas l'injure, l'insulteur, les tiers et l'insulté lui-même peuvent croire que c'est lâcheté. Monsieur, j'ai droit à une rencontre sérieuse ou à des excuses. Et si j'avais à choisir, je préférerais une rencontre.

Je m'inclinai.

— Vos témoins exposeront votre revendication. Vous trouverez devant vous un galant homme. Mais précisément parce que l'on vous tient pour tel, je n'hésite point (c'est le but de ma visite) à vous demander un véritable service. Un service, non pas pour votre adversaire, qui se débrouillera, mais pour une femme et pour moi-même. Le comte et la comtesse d'Aoury, de qui je suis l'hôte, sont très attachés à leur Lorraine. C'est un sentiment que vous comprenez. Que les propos de leur beau-frère soient connus, leur expulsion en sera la suite ; la mienne aussi, j'imagine. Si mon ami Aoury n'était pas absent, c'est lui qui vous adresserait la demande que je vous soumets au nom de sa jeune femme : couvrez d'un prétexte votre querelle avec M. Le Sourd ; tâchez que rien ne transpire du caractère exact de cette scène. Il est facile d'inventer une fable. Dans beaucoup de cas, deux adversaires font cet accord.

M. Ehrmann n'était préoccupé que d'être correct et de forcer l'estime. Avec cette magnifique confiance qui réussit aux jeunes gens, mais à quoi, passé la vingt-sixième année, nous sommes presque toujours contraints de renoncer, il se mit entièrement dans mes mains.

Nous convînmes, en baissant de plus en plus la voix, qu'il allait se procurer deux témoins d'une discrétion certaine et que, dans deux jours, il arriverait vers les dix heures du matin au château de Lindre-Basse, où il serait mon hôte, pour que, d'une manière ou de l'autre, on y réglât cette fâcheuse histoire.

CHAPITRE III

Deux jours se passèrent à Lindre-Basse, sans que personne, en dehors de Mme d'Aoury, eût un soupçon de l'aventure. Le Sourd ramena lui-même de Nancy des épées, des pistolets et deux jeunes Parisiens accourus pour lui servir de témoins. C'est à Nancy également que nous prîmes le médecin, car il eût été malhonnête de compromettre dans cette affaire aucune personne du pays annexé.

Le mercredi matin, réunis tous quatre autour d'un feu de bois dans un salon du rez-de-chaussée, nous attendions M. Ehrmann, qu'une voiture du château était allée prendre à la gare. Heureux d'une bataille, Le Sourd et ses deux témoins s'ébrouaient comme s'ils étaient nés pour mordre et pour déchirer ; ils s'amusaient à se porter à tour de rôle dans leurs bras et faisaient mine de se jeter par la fenêtre.

— Pierre, disaient-ils, j'espère que tu vas lui donner un joli coup d'épée, à ton Allemand querelleur.

Je fus enchanté, quand le bruit des roues sur le gravier du parc les interrompit.

Selon le désir de Mme d'Aoury, je reçus au perron M. Ehrmann. A ma grande surprise, il n'avait avec lui qu'un seul ami. Il me le présenta.

— M. le docteur Werner... Le second témoin, sur qui je comptais, est depuis deux jours dans la montagne ; on n'a pas pu le rejoindre... Vous vouliez le secret, je n'ose m'adresser à personne d'autre... En Alsace-Lorraine, c'est une des tristesses, nous sommes obligés de nous défier. Mais vous avez bien, ici, quelque jardinier sûr, un ancien soldat...

— Pardon ! lui dis-je, c'est pour moi que vous vous êtes mis dans cet embarras ; si vous y consentez, j'aurai l'honneur de vous assister.

Je conduisis M. Ehrmann dans ma chambre, et les quatre témoins se réunirent.

Quand les chances étaient déjà fort minces pour une solution pacifique, une circonstance vint tout aggraver. Les témoins de Le Sourd déclaraient que leur ami n'avait pas pu vouloir offenser M. Ehrmann, dont il ignorait la situation militaire ; qu'il s'était borné à formuler une opinion générale... Là-dessus, M. Werner interrompit. Il s'écria qu'il avait fait son temps à la caserne allemande et que « l'opinion » de M. Le Sourd, parfaitement injustifiée, offensait tous les Alsaciens. — Si nous ne voulions pas d'un second duel, il fallait hâter le premier.

C'est parfois plus désagréable d'assister un ami que de se mettre en ligne. Celui qui va sur le terrain pour son propre compte n'a pas le temps d'avoir de l'imagination. Et s'il déteste son adversaire, il tient, ou tout au moins il cherche un magnifique plaisir.

Nous avions décidé de gagner le lieu du combat par petits paquets, pour ne pas attirer l'attention du château. Tandis que je traversais le parc au côté de M. Ehrmann, moi et les autres Français mêlés à cette affaire, nous me paraissions de fort vilaines gens, des gens à la fois corrects et injustes, ce qui est le pire. Il me semblait qu'en pourchassant un Alsacien, nous aggravions d'une manière odieuse le traité de Francfort.

Nous arrivâmes les premiers au rendez-vous. C'était, sur la lisière des bois du parc, une allée assez large, qu'une simple porte de lattes basses séparait des champs. Appuyés à cette barrière et fumant des cigarettes, nous occupions le haut d'une faible ondulation. Ces terres sablonneuses de Lorraine sont si dures qu'à trente mètres de nous cinq bœufs, vaches et chevaux attelés ensemble traînaient péniblement une charrue. Hors ce groupe laborieux, rien ne vivait sur la triste plaine. Cette terre d'efforts faisait un digne cadre à mes pensées mécontentes ; elle m'aidait si bien à les sentir que je ne doutai point qu'elle ne provoquât chez Le Sourd un sentiment large et vague de respect pour un vaincu alsacien-lorrain.

Au dernier moment, et comme on flambait les épées, je le pris à part et lui dis avec assez de violence :

— S'il arrive malheur à ce garçon, je ne vous reverrai de ma vie.

— Bah ! dit-il, je suis trop bon frère pour mettre un revenant dans le parc de ma sœur.

Plutôt qu'humanité, n'était-ce pas fatuité d'homme de sport? Il se persuadait qu'un provincial devant son épée ne serait qu'une mazette. Eh bien ! ce ne fut pas long. A peine avais-je dit le sacramentel : « Allez, messieurs ! » que j'eus le plaisir de les arrêter. Le Sourd avait une piqûre au bras.

Ses deux camarades s'amusèrent un peu, tant son dépit paraissait. Pourtant il dit d'un fort bon air qu'étant à Lindre-Basse et en quelque sorte chez lui, il voulait tendre la main à M. Ehrmann, qui n'y fit pas de difficulté.

Je me hâtai de prévenir au château Mme d'Aoury. Elle revint avec moi vers le kiosque où l'on pansait son frère.

— Monsieur, dit-elle au jeune Alsacien, mon frère s'est conduit comme un étourdi. Pour sa punition, il ira se coucher, et vous nous ferez le plaisir, ainsi que votre ami, de déjeuner ici.

M. Ehrmann parut plus troublé par la bonne grâce de la sœur qu'il ne l'avait été par la mauvaise grâce du frère. C'était décidément un très aimable jeune homme.

Il fut convenu qu'on ne soufflerait mot devant les autres invités. On inventa toute une fable pour expliquer que Le Sourd s'était foulé le poignet. Elle prêta, durant le déjeuner, à mille fantaisies amusantes pour les personnes qui étaient dans le secret. Cette pénible histoire tournait à la mystification de château. L'Alsacien devint tout naturellement le héros de la journée, et, ma foi, il le méritait, car il éleva très sensiblement le ton de la causerie.

Dans ce déjeuner, comme depuis trois jours, Mme d'Aoury m'émerveilla par le génie réaliste que j'aperçus derrière ses grâces et ses lassitudes. Quel regard juste et de petite bête de proie peuvent lancer de beaux yeux qui semblent faits seulement pour l'amour ! Jusqu'alors, je ne l'avais vue qu'à Paris, où nous sommes trop divertis pour bien apprécier les êtres. Eux-mêmes, d'ailleurs, ils y sont atténués, mal en valeur. Mais dans cette vieille ferme, ennoblie par de méchants portraits de généraux, et qui n'évoque que des activités simples, une telle jeune femme, par son isolement même, prenait de l'accent. Dans la série des propriétaires de Lindre-Basse, elle faisait un épisode de beauté. Au cours de ce repas, les ondulations de son esprit, son tact, sa souplesse, en un mot, son art, que des Allemands eussent méconnu et traité de frivolité, se faisaient encore plus sensibles par le contraste même qu'elle offrait avec ce jeune Alsacien, qui ne pouvait rien dire que d'amplement expliqué, et qui semblait même expliquer son

silence, tant, au début, il marqua fortement
qu'il se taisait. On eût dit de l'un et de l'autre
deux caricatures, mais chargées d'intelligence
et de sympathie. Bien qu'il eût de nombreuses
manières d'être germaniques, M. Ehrmann
ne méconnaissait point, cela se vit peu à peu,
le chef-d'œuvre français qu'était cette jeune
femme. Il devint même touchant, avec sa
force et sa jeune raideur, d'ébahissement
devant cette reine... Bientôt il eut tout à fait
oublié qu'aucune autre personne fût là. Et
quand Mme u Aoury disait des choses bi-
zarres et charmantes, il se renversait un peu,
en riant trop fort, pendant une bonne minute.

Successivement, elle avait empêché qu'on
parlât de la France, de l'Allemagne, de la
germanisation, des partis politiques alsaciens-lorrains, et j'avais admiré chez un jeune
homme qui, de naissance, semblait être autoritaire, voire brutal, le pouvoir de comprimer
ses premiers mouvements. — C'est un pouvoir que développe, je crois, depuis trente
ans, l'atmosphère des pays annexés. — Elle

vit enfin qu'il fallait mettre M. Ehrmann sur l'Alsace. Comme tous ses compatriotes, il était grand promeneur. De quel air convaincu, en hygiéniste, en patriote et en poète, il disait le bonheur de marcher sous les arbres, les arbres et toujours les arbres, par d'interminables sentiers, quand les feuilles sont mouillées, et que, bien couverts, nous nous sentons incapables de fatigue ! Mme d'Aoury, qui jamais ne sortait du parc, sinon, très rarement, pour une heure de voiture, assura que ces marches-là seraient son rêve.

Au sortir de table, il nous fit un véritable cours sur les châteaux des Vosges. J'essayai d'indiquer qu'en Lorraine, à défaut de burgs féodaux, nous avions quelques jolies propriétés. Elles devaient plaire à Mme d'Aoury infiniment plus que les ruines du douzième siècle. Mais elle ne voulait entendre que M. Ehrmann et les choses de l'Alsace.

Était-ce bien la même personne qui trois jours avant me disait : — « Ah ! monsieur, comme je m'ennuie dans votre « Est » ! —

Tant que cela, madame? — A braire, monsieur, à braire. » Et comme elle était étendue sur cette même chaise longue, elle avait simulé un immense bâillement, qui m'avait permis de voir ses trente-deux dents intactes jusqu'au fond de sa gueule rose. Oui, c'est bien « gueule » qu'il faut écrire pour rendre sensible cette divine impression d'animalité jeune.

Maintenant elle nous reprochait de ne l'avoir pas conduite à la Hohkœnigsbourg et à Sainte-Odile. Elle aurait gravi les montagnes, accepté les auberges... Soit ! Je l'admirais trop pour gêner cette hypocrisie, qui n'était d'ailleurs que la magnifique mutabilité de son âme.

Depuis longtemps, les hôtes habituels de Lindre-Basse étaient rentrés dans leurs paisibles chambres; depuis longtemps, les témoins et moi, demeurés au salon, nous nous taisions, nous digérions, nous pensions à nos affaires, que Mme d'Aoury et M. Ehrmann gardaient encore la même énergie pour célé-

brer la beauté, la santé et la suprématie de
l'Alsace. Je crois que les deux Parisiens
étaient un peu froissés. Tout ce que nous
obtenions de temps à autre, c'était qu'elle
nous invitât à la servir, pour baisser un
rideau contre la lumière trop vive, pour demander un verre d'eau, pour ramasser une
couverture que son petit soulier perpétuelle-
ment agité venait de faire glisser à terre, en
découvrant une mince cheville. Et c'était
encore l'étranger la cause et l'objet de cette
nervosité. Certes, d'aucun être, elle n'accep-
tait qu'il échappât à son influence, mais pour
celui-ci, c'était une folie de zèle et qui atteignit au sublime, quand de l'Alsace elle passa
à la médecine.

Je n'ai jamais pu me défendre d'une sorte
d'amour mêlé d'un retour un peu triste sur
moi-même, à l'égard des très jeunes gens que
comble la fortune. Je fais des vœux pour
tous les grands favoris du sort qui n'ont pas
trente ans. J'honore, je voudrais préserver
ces jeunes dieux qui possèdent la gloire et

l'amour. Je pense à eux, avec plaisir, comme
à une belle œuvre d'art fragile, et je me dis :
« Il existe au monde un exemplaire de ce que
j'ai tant désiré d'être... Puisse-t-il n'être pas
brisé ! » C'est avec ce sentiment de sympathie légèrement douloureuse que je regar-
dais le jeune Alsacien. Il éprouvait la joie que
tout homme a connue après une première
affaire d'honneur : violent ébranlement physique qui raffermit, exalte toute l'âme et tout
le corps. En outre, il goûtait le romanesque
de sa situation : d'être reçu, fêté, flatté, dans
la maison de son adversaire. — C'est assez
tard, je crois, qu'il distingua la beauté singulière de Mme d'Aoury : au début, il se
préoccupait trop des lois de la politesse française, qu'il observait avec raideur. Mais il sut
peu à peu se distraire de soi-même, et, naïvement, à sa loquacité succéda le silence,
puis la plus noble, la plus virile compassion
tendre, quand elle parla d'une longue maladie
pour laquelle on l'avait opérée.

— Pendant quinze jours et quinze nuits,

j'ai tellement souffert ! Je remuais une jambe
doucement et je chantais un air très bas sur
deux tons. C'était insoutenable, à rendre
fous ceux qui me soignaient. Mais puisqu'il
me fallait vivre avec une telle douleur, j'aurais
tant voulu qu'elle s'endormît. Alors, je ber-
çais ma douleur.

Et soudain, elle se mit à chantonner,
comme elle avait dit, et à balancer faible-
ment sa jambe droite, tandis que de ses deux
mains allongées et réunies sur son corps, elle
semblait endormir un enfant.

C'était un tableau qui donnait l'idée même
de la faiblesse, et, pourtant, le jeune docteur
exprima notre pensée à tous quand il dit :

— Comme vous êtes courageuse, madame.

— En tout cas, dit-elle en se levant, j'admire le courage. Je ne pense pas que la vie
soit ce qu'il y a de plus précieux ; j'aurais
mieux aimé que mon frère se fît tuer, que de
se conduire sans bravoure, mais je suis con-
tente aussi, monsieur, puisqu'une aventure,
où il a tous les torts, nous a permis d'acquérir

un ami que tout le monde dans cette maison estime.

Je vis bien qu'elle donnait sa main au jeune homme pour qu'il la baisât. Mais il la retint dans ses deux mains, et il dit avec une profonde émotion dont elle fut déconcertée, car elle craignait le ridicule :

— Il n'y a que les Françaises pour être si généreuses et si délicates.

Par une petite comédie qui lui était familière, elle sortit du salon en courant, en marchant sur sa robe, en trébuchant, en poussant un cri d'effroi, en se retenant à un meuble.

Les deux Alsaciens désiraient marcher. Je les reconduisis jusqu'à la gare, à travers le parc. Ils étaient enchantés, et, dans tous leurs gestes, on voyait la fougue inemployée de deux jeunes soldats.

M. Ehrmann admirait le paysage, sublime, sous le soleil couchant, de douceur et de solitude. Il dit tout d'un coup :

— Imaginez dans ce parc, en place de Mme d'Aoury, une grosse Prussienne ! Quand

même sous ce ciel bleu pâle, les mêmes bâtiments, les mêmes dessins de prairies et de
bois demeureraient, ce dont je doute, où
seraient cette délicatesse et cette fierté qui
se répandent sur tout le domaine?

Ces paroles de M. Ehrmann me dévoilaient,
enfin son cœur ; elles me montraient un compagnon de mes pensées, un croyant de la supériorité française.

— N'est-ce pas, docteur, dit-il en s'adres-
sant à son compagnon, n'est-ce pas que
Mme d'Aoury, c'est une Française, une Parisienne, le type de la vraie Parisienne?

Le docteur Werner n'avait pas dit trois
mots de la journée ; il appartenait à l'espèce
des Alsaciens muets, excellente et aussi nom-
breuse que l'espèce des Alsaciens à vivacité
méridionale. Il répliqua :

— J'étais un petit garçon quand nous
sommes devenus Allemands ; vous êtes trop
jeune, Ehrmann, vous n'avez pas vu... moi,
je me rappelle les uniformes français sur le
Broglie et sur le Contades. Cela faisait une

harmonie, comme la voix et les gestes de
Mme d'Aoury dans une vieille propriété lorraine.

Les bras m'en tombèrent, et j'aurais voulu
prier ces deux jeunes gens, le muet comme le
bavard, de collaborer à mon enquête sur la
transformation des mœurs aux pays annexés.
Mais cinq minutes après, la locomotive les
emportait.

Je revins au château par de longs détours ;
je respirais amouresuement ma Lorraine. Je
voyais avec évidence que les Allemands qui
n'ont pas créé la beauté de mon pays, en
se l'appropriant, la détruisent. Si la population welche déserte la province qu'elle a
humanisée, c'est une âme qui se retire et
laisse tomber un beau corps. Ils raisonnent
juste, ces deux Alsaciens : qu'est-ce qu'un
parc français, sans une jeune Française
pour savoir y marcher? Et qu'est-ce que
Lindre-Basse, sans cette divine fantaisie qui
vient toute une après-midi de nous ennoblir
le cœur?

Je dis à Mme d'Aoury que M. Ehrmann l'aimait.

— Alors, dit-elle, vous croyez qu'il se taira?

Je fus un peu indigné.

— Comment pouvez-vous prêter la moindre bassesse à un garçon qui interprète tout avec une si admirable noblesse? C'est indigne de vous.

— Vous avez raison, dit-elle, mais je serais encore plus sûre de M. Ehrmann, s'il était comme son camarade. En voilà un qui aimerait mieux périr, c'est évident, qu'ouvrir la bouche ! Quels hommes que vos Allemands ! Je suis exténuée, monsieur !

CHAPITRE IV

LA GUERRE FRANCO-ALLEMANDE
CONTINUE EN ALSACE-LORRAINE

Je rentrai pour l'hiver à Paris et les souvenirs de mon automne lorrain ne tardèrent pas à s'embrumer. Ce petit duel aurait pu me laisser quelques éléments pour mes conversations, par exemple un joli récit pittoresque. Mais je m'aperçus très vite que les gens à qui je le racontais concluaient à la germanisation de l'Alsace, ce qui m'amenait à des discussions énervantes. Moi-même, d'ailleurs, bien que je continuasse à blâmer l'injure faite à des annexés, qui sont des otages de la France en Allemagne, je pensais avec déplaisir que maintenant M. Ehrmann était coiffé d'un casque à pointe. Je demeurais dégoûté de Le Sourd, mais j'avais perdu mon premier zèle pour mon client.

Je continuai mon livre. Les notes que j'avais recueillies chez les notaires lorrains se rapportaient surtout à la vie rurale. Elles montraient un effort conservateur et aristocratique pour reconstituer les autorités sociales, notamment par des libertés de tester, et une tendance à rétablir la vie provinciale, en laissant certaines initiatives à des groupements (syndicats, caisses de crédit agricoles). Mais, d'autre part, je voyais que le despotisme de la Prusse met des obstacles, en Alsace-Lorraine, au jeu des institutions qui servent la prospérité des autres provinces de l'empire. Pour continuer mon enquête et mieux soupeser les chaînes des vaincus, au printemps de 1903, je vins à Strasbourg.

J'arrivai à la fin d'une très belle journée, et tout de suite, j'allai déposer mes lettres d'introduction chez des juristes et des industriels. Je parcourus ainsi plusieurs fois ce fameux trottoir de gauche, qui va du Broglie

à la place Gutenberg et qu'ornent les maga-
sins les plus luxueux de la ville. Ce qui frappe
nécessairement un étranger dans ce coin de
Strasbourg, où, de cinq heures à huit, la foule
est la plus élégante et la plus épaisse, c'est la
morgue des innombrables officiers. Comme
ils marchaient raides et droits, sans se dé-
ranger, fût-ce pour les femmes ! Quelle magnifique tenue sans aisance ! Quel orgueil sans
gentillesse ! Ce sont des gens de caste, mais
surtout des vainqueurs sur le sol de leur victoire. Constatation qui réconforte un Français plus qu'elle ne l'attriste, car il voit avec
plaisir qu'après trente-trois ans, ces beaux
soldats demeurent des maîtres étrangers.

Au milieu de la ville, au-dessus des vicis-
situdes, la noble cathédrale veille et demeure ;
sa continuité me rassure contre des couleurs
éphémères ; elle est, au-dessus des passagères
puissances germaines, une haute pensée de
chez nous, le témoignage d'une conception
d'ordre et de beauté, fleurie d'abord dans le
bassin de la Seine.

J'allai de la cathédrale à l'Université. Ses vastes bâtiments m'inquiétaient autant ou plus que les casernes. La pensée germaine ne s'arrête jamais de faire la bataille. Ne peut-elle pas ruiner ce qui reste de la France dans nos anciens départements? Les professeurs ne valent-ils pas pour discipliner des âmes sur qui ces officiers arrogants n'auraient, je le crois, aucune prise? Mes études autour du nouveau code m'avaient obligé à reconnaître certaines puissances de la raison allemande, et, comme il arrive si nos facultés sont ébranlées par une émotion, ma promenade solitaire dans Strasbourg me laissait sentir, avec une extrême force, l'embarras de cette nation alsacienne à qui l'on propose de choisir entre deux idéals. Tout d'un coup, je pensai à M. Ehrmann, comme à un navigateur perdu sur la vaste mer. De nouveau, je le jugeai un personnage énigmatique. Dans quelle mesure était-il Français ou Allemand? Et tous les jeunes bourgeois d'Alsace-Lorraine, les dirigeants de demain?

J'eus envie de voir le monde des écoles.

J'appris à mon hôtel que, le samedi, les étudiants passaient volontiers la soirée, avec leurs maîtresses, dans un café-concert nommé *les Variétés*.

J'y entrai vers neuf heures.

Comme je traversais les couloirs, un grand diable de jeune homme à casquette et à cicatrice, un Allemand pour sûr, aborda tout auprès de moi l'agent de police et lui dit :

— Il y a dans une loge un individu qui fume à la dérobée. Je suis assesseur. (C'est-à-dire qu'il fait sa quatrième année de droit.) Je veux que la loi soit obéie.

Une telle démarche est fondée en raison ; elle peut se défendre du point de vue social, et je m'en chargerais, puisqu'il y a Pascal, qui, en dénonçant et poursuivant le frère Saint-Ange, agissait à peu près comme ce jeune légiste, mais, tout de même, je fus rempli d'un vif dégoût, d'un dégoût si excitant qu'il atteignit à l'allégresse.

Je pris place. Sur la scène, une chanteuse

disait en français « Les petits cochons », et
tout autour de moi le parterre applaudissait
furieusement, tandis que le balcon huait. Une
Allemande succédant à la Française, les huées
et les bravos changèrent d'étage. D'où je con-
clus que les spectateurs se groupaient par
nation et que j'étais assis en France. J'avais
pour voisin de fauteuil un fort beau gaillard,
très massif et placide, un blond à la peau
blanche et à l'œil bleu. Il s'occupait avec
amitié de sa maîtresse. A cela on reconnaissait
un brave garçon. Il me dit avec orgueil qu'il
était un Haut-Rhinois, de l'Alsace où l'on
boit du vin. Puis il commença de me signaler
avec son doigt tendu les grossièretés des
Allemands.

Ils avaient de longues cannes à pêche où
pendaient des harengs saurs, qu'ils prome-
naient devant les figures des gens du parterre, et puis, de temps à autre, ils jetaient
à travers la salle une poignée de monnaie.
Je vis l'un d'eux assis sur le bord de sa loge,
les pieds dans le vide ; il avait sur ses genoux

une assiette, et salement mangeait une côte-
lette dont la sauce dégouttait sur le public.
Parfois, un demi-ivrogne se levait, et d'une
voix formidable, en tendant son verre de
bière, criait : « *Prosit!* un tel ! » Et celui de
qui il portait la santé, il ne le désignait point
par son nom, mais par un sobriquet. A quoi
le camarade ainsi honoré répondait de l'autre
bout de la salle par une lourde indécence.

Ces jeunes Allemands manquaient de goût
dans leur entente du plaisir, comme, tout à
l'heure, ce juriste dans son sentiment du
devoir. On eût dit des jeunes bêtes qui
s'ébrouent. Mais précisément la jeunesse,
l'ardeur adolescente colorent, enlèvent, font
une noblesse, et le spectacle n'était tout à fait
dégoûtant que si l'on ne voyait pas les figures,
naïvement fières de leurs sottises. D'ailleurs,
mon voisin et sa petite compagne, encore
qu'ils protestassent, s'amusaient fort, et quand
je leur dis que je voulais m'en aller, ils répon-
dirent : « Ça va devenir intéressant », d'un ton
si convaincu que je me rappelai ce que fait

chanter notre Berlioz d'après Gœthe, dans la taverne d'Auerbach : « Observez d'abord ! La bestialité va se manifester dans toute sa candeur. » Et, ma foi, ce fut une bestialité telle qu'aujourd'hui encore, je ne puis me la représenter sans quelque émotion de joie.

A peine mon aimable Haut-Rhinois avait-il prononcé sa phrase vraiment prophétique (et cette coïncidence un peu comique contribua, je pense, à l'exaspérer) que du premier étage un gros pain tomba, qui atteignit et renversa le chapeau de sa jeune femme. Toute l'Allemagne se mit à rire. Quant à lui, il dépouilla sa placidité, plus vite qu'un homme n'ôte sa veste, et bondit hors des fauteuils. En moins d'une seconde, au-dessus de nous, dans une loge, nous entendîmes sa voix furieuse :

— Lequel de vous a jeté ce pain?

La salle commença de se lever. Il y eut dans la loge un concert de ricanements. La voix alsacienne reprit :

— C'est d'ici que le pain est parti. Que

celui qui l'a jeté se présente. Je le dis une dernière fois.

Nouveaux ricanements. Puis, tout d'un coup, un cri de détresse. Un homme, du balcon, c'est-à-dire d'une hauteur de trois à quatre mètres, venait s'abattre sur nous tous. L'Alsacien avait précipité l'un des Allemands.

On eût dit qu'il avait fâché une ruche. Toute la salle tournoya, les Allemands courant pour assommer l'audacieux et les Alsaciens pour le soutenir ! Quelle mobilisation ! Ah ! ce fut rapide pour que les deux nations se reconnussent et se classassent !

Deux vagues agents essayant d'intervenir, par la même occasion on leur tapa dessus. Derrière les loges et sur l'escalier, la bataille fut magnifique. Elle parut défavorable aux Allemands. Ils se replièrent peu à peu vers la sortie. Dans une sorte d'élan héroïque, les jeunes descendants des Celto-Romains balayaient la horde germaine.

On est toujours émerveillé du peu de dégâts tragiques que font ces grandes luttes sans armes. C'est qu'on se bat dans une épaisse cohue qui fait comme de l'étoupe.

Les Allemands, d'abord expulsés, cherchèrent à rentrer ; mais ils étaient empêchés, parce que le scandale ayant interrompu le concert, chacun se pressait pour gagner la rue. Moi-même, j'allais y atteindre, quand soudain, du dehors, un gigantesque Poméranien bouscula les choses et les gens, empoigna et leva le fauteuil classique, en velours grenat, de la caissière qui fuyait en hurlant, brisa dans son effort le lustre du plafond, et, sous une pluie de verreries, précipita l'énorme meuble sur trois jeunes guerriers alsaciens, qui, seuls, dans l'écart de tous, lui barraient le passage. L'un d'eux s'abattit. Le furieux allait redoubler : mais un héros le surprit d'un bond prodigieux, lui mit au cou les deux mains et, roulant à terre avec lui, sous une volée de coups de canne, s'efforça consciencieusement de l'étrangler.

J'eus un cri d'admiration. Qui venais-je de reconnaître ? Mon jeune client de Lindre-

Basse, M. Ehrmann. Ah ! par exemple, qu'il fût officiellement au service de l'Allemagne et, dans le privé, un volontaire de la France, qu'il parût l'avant-garde germaine et se conduisît comme une arrière-garde française, j'en fus enthousiasmé, et, ma foi, comme toute ma « nation », je m'élançais pour le dégager, quand, du fond de la salle même (où sans doute ils avaient pénétré par la scène), les agents de police survinrent.

Nous fûmes tous jetés dehors. Je vis M. Ehrmann, qu'un agent voulait entraîner. Mais un jeune homme saisit et tordit les bras du policier et commença à crier :

— Pas toi ! File ! File !

Je compris bien ce qu'il voulait dire, que le cas d'un volontaire serait particulièrement grave. M. Ehrmann hésita, puis disparut.

Son sauveur, moins heureux, resta aux mains des agents. Et l'un d'eux lui disant :

— Tenez-vous tranquille, espèce de voyou !

— Comment, moi, un voyou ! répliquait-il, je suis le fils du maire de T... et je vous défends bien de m'insulter.

On le traîna au poste avec une dizaine d'autres. L'importance que ce jeune homme paraissait attacher à sa qualité sociale, en me réjouissant, me délivra de mon excessif enthousiasme. Nul doute, me disais-je, que monsieur le fils du maire ne soit en ce moment vigoureusement passé à tabac. Mais je vis, au scandale de quelques personnes, qu'il n'avait pas invoqué un titre sans poids, et l'on m'assura que ces jeunes gens, sitôt leur identité constatée, allaient être relâchés, sans que la police leur rendît un seul des coups qu'elle avait reçus.

Les journaux, le lendemain, parlèrent négligemment d'une rixe d'étudiants. C'est aujourd'hui le système officiel de ne rien laisser transpirer qui puisse donner des doutes sur la germanisation du pays. On veut en haut lieu qu'il n'y ait plus de question d'Alsace-Lorraine.

L'incident m'avait ému, plus qu'il ne semblera peut-être raisonnable. Mais il s'agit bien de raison ! C'est la déraison de ces jeunes soldats attardés qui éveillait mes sympathies fraternelles. Je m'informai, j'appris que l'autorité judiciaire n'engagerait rien, sans en avoir référé au recteur, et que le Sénat académique, c'est-à-dire le conseil de l'Université, allait entendre les jeunes batailleurs.

Strasbourg est une petite ville. Il me fut aisé d'avoir un rapport exact de cette séance. On me raconta comment, dans une vaste salle, avaient été convoqués les étudiants mis en cause par la police. Beaucoup de leurs camarades les accompagnaient, à qui il plaisait de venir dire : J'en étais, voici comment la chose s'est passée. Derrière une table recouverte d'un tapis vert, les professeurs entouraient leur recteur. Celui-ci tenait sa main dans sa redingote ; il portait des cheveux assez longs, une grande barbe presque blanche et des lunettes d'or. Avec un air digne et une figure très pâle, il commenta les accusations de la police.

— Vous vous êtes conduits comme des gens communs, d'une façon indigne de disciples de l'*Alma mater*. Et ce qui est le plus grave, c'est qu'on vous accuse de vous être colletés avec des agents et de leur avoir opposé de la résistance.

Quand il se fut assis, un jeune homme s'avança et dit :

— Je dois rendre attentif monsieur le recteur que les agents ont commencé de nous insulter. Ainsi l'agent qui m'a appréhendé m'a traité de « voyou ».

Le recteur se leva, les deux mains sur le tapis :

— Ce que vous dites là, pouvez-vous le prouver?

D'autres Alsaciens se mirent en avant :

— Nous l'avons entendu, nous sommes prêts à témoigner de la vérité.

Le vénérable recteur renversa sa tête en arrière et assura sa main dans sa redingote. Personne autant qu'un Allemand ne se rengorge dans l'exercice d'une haute fonction. Il se tourna vers ses collègues :

— Messieurs, dit-il, ce que nous apprenons dans cette minute est très grave. Nous sommes à notre poste, en premier lieu, pour faire respecter notre sainte et aimée *Alma mater* et ses disciples, et il n'est pas possible que nous tolérions à leur égard les insultes d'un agent. Je vous propose, messieurs, de congédier ces jeunes gens pour que nous délibérions.

Toutes les physionomies graves et honnêtes des sénateurs, toutes ces figures appuyées sur toutes ces mains s'inclinèrent en signe d'assentiment.

Là-dessus, se rengorgeant encore une fois, le recteur s'adressa aux jeunes gens, sans bienveillance, mais d'un ton plus adouci :

— Messieurs, vous pouvez rentrer chez vous. Vous serez avertis de la suite que prendra cette affaire.

La suite, ce fut une sévère punition à l'agent de police.

Ce petit événement me renseigna, mieux qu'aucun paragraphe du nouveau code, sur l'esprit aristocratique, exactement, sur l'esprit de classe qu'il y a dans la société allemande. Je compris que cette aristocratie est fondée sur des usages et des tempéraments, bien plus que sur la lettre de la loi. Beaucoup des prérogatives de l'Université s'appuient sur une tradition sans plus : c'est de l'irrégulier et de l'incomplet, menacé d'ailleurs par les envahissements du pouvoir impérial. Il n'est écrit nulle part que l'étudiant relève d'une juridiction spéciale. En fait, cependant, ses petits délits sont d'abord portés au Sénat académique, et celui-ci excuse d'office tout ce qui peut rentrer dans la série des tapages nocturnes et des ivrogneries ; pour le surplus, il peut trouver des échappatoires.

Formés par notre esprit français, qui est égalitaire et qui cherche les solutions simples, les Alsaciens se plaignent que dans la loi allemande il y ait toujours place pour l'arbitraire.

Qu'ils croient voir de l'arbitraire, cela déjà peut les gâter. Mais je crains davantage la

nécessité pour eux d'être hypocrites. Je ne
blâme pas la manière dont ces jeunes Alsaciens ont esquivé les conséquences de la
bataille des *Variétés;* je préférerais, toutefois,
que leurs beaux instincts de soldat ꞽ ne fussent
pas nécessairement mêlés d'habileté.

La responsabilité de cette diminution morale n'incombe pas aux Alsaciens, mais tout
entière aux circonstances où ils vivent depuis
trente-trois ans. La guerre franco-allemande
continue en Alsace-Lorraine. Les misères de
la guerre ne sont pas seulement celles qu'a
gravées notre compatriote Callot. Il y en a
qui se voient avec les yeux de l'esprit.

Un soir que, pour la centième fois, j'es-
sayais d'établir un diagnostic d'après les notions que j'avais recueillies sur le corps des
nations alsaciennes et lorraines, il m'arriva
de rencontrer soudain M. Ehrmann, et cette
courte vision ajouta encore à mes incertitudes. Le casque sur la tête, le jeune homme
sortait de la caserne d'artillerie (sur la place
d'Austerlitz) avec d'autres soldats. Nos re-

gards se rencontrèrent ; il ne fit pas mine de
me reconnaître, quoique mon premier geste
vers lui fût assez sensible ; et certainement il
pressa le pas. Je m'arrêtai de l'aborder ou
même de le saluer. Pourquoi? Sa gêne, sa
hâte, son casque m'inclinèrent, puérilement,
je l'avoue, à rabattre de la haute estime qu'il
m'avait d'abord inspirée et où j'étais revenu
en le voyant charger l'ennemi.

Le lendemain, je quittai Strasbourg, assez
en peine des petits faits que je venais d'amas-
ser. Ils complétaient, mais contrariaient mes
premières constatations de l'automne. Jugés
en eux-mêmes, plusieurs principes de la loi
allemande m'avaient d'abord paru très propres à maintenir une société : je voyais
aujourd'hui qu'ils ne s'accordaient pas tous
avec la culture alsacienne et lorraine (1).

(1) Voir la note III, page 237.

CHAPITRE V

L'étranger qui parcourt la plaine d'Alsace, entre Mulhouse et Saverne, instinctivement tourne les yeux vers les innombrables châteaux du moyen âge, qui, par-dessus la chaîne basse des vignobles, hérissent les sommets des Vosges. Pour un indigène, ces ruines sont mieux que pittoresques ; elles sont des points de sensibilité. Peut-être l'Alsacien respecte-t-il, sans le connaître clairement, le rôle qu'eurent ses burgs dans sa vie sociale. Et puis on montait là-haut quand on était petit ; les parents, les grands-parents y montèrent, et, dans chaque famille, des souvenirs heureux ou malheureux, fiançailles, mariages, naissances ou morts, se conservent liés à l'un ou l'autre de ces sites. Entre tous, la montagne de Sainte-Odile, avec ses nombreux châteaux, ses souvenirs druidiques ou romains, et son couvent, est le plus mémorable (1).

Vu de la plaine, le couvent de Sainte-Odile semble une petite couronne de vieilles pierres sur la cime des futaies. Il occupe, au sommet de la montagne, un énorme rocher coupé à pic vers l'Est, accessible d'un seul côté, et qui surplombe trois précipices de forêts. Sans doute, on trouve dans les Vosges des sites également pittoresques, mais celui-ci suscite la vénération. Sainte Odile, depuis douze siècles, demeure la patronne de l'Alsace.

L'Odile historique naquit du duc d'Alsace, Adalric, qui, dans la seconde moitié du septième siècle, administrait notre terre pour le compte des Mérovingiens. Il était attaché à la famille des Pépins, grands propriétaires entre la Meuse et la Moselle, et qui bientôt

(1) Voir la note IV, page 238.

allaient donner la dynastic des Carolingiens.
(Ceux-ci montrèrent, dit-on, une intelligence
profonde de leur époque et restaurèrent l'idée
d'État. Aussi leurs premiers clients peuvent
être interprétés comme des serviteurs et collaborateurs de la préparation française.) A la
suite de divergences politiques, Adalric mar-
tyrisa saint Léger et saint Germain. Au reste,
bon chrétien. Il eut des remords et bâtit le
couvent expiatoire, dont sa fille Odile fut la
première abbesse.

Cette montagne était un bon sol, pour qu'il
y poussât une plante nationale. Dès le quatrième siècle ou le troisième siècle avant
Jésus-Christ, les Celtes y avaient construit
le mur païen ; on trouve sur le sommet les
traces d'un oppidum gaulois, probablement
un collège sacerdotal druidique, et, plus tard,
d'une citadelle romaine. Sans doute, on venait ici en pèlerinage honorer Rosmertha,
déesse des régions de l'Est (1). Sainte Odile

(1) Voir la note V, page 238.

hérita des vertus accumulées de ce paysage
et les augmenta. Elle était une graine tombée
dans une terre déjà riche, mais une graine
d'une nature à pousser haute et droite.

Le mont Sainte-Odile est, avec la cathédrale de Strasbourg, le plus fameux monu-
ment du pays ; et, si l'on veut prendre en
considération que son mystérieux « mur
païen » fut construit par une peuplade qui
venait de bâtir Metz, on admettra que ce site
fameux préside l'ensemble du territoire annexé. Aussi, vers l'automne de 1903, quand
il me fut permis de revenir en Alsace et de
reprendre mon travail sur le pays annexé,
je ne pensai point que je pusse trouver une
retraite plus convenable pour mettre en
œuvre mes notes de Lindre-Basse et de
Strasbourg. J'avais recueilli des documents
qui nous montrent notre génie français et
latin refoulé par le génie germanique ; j'étais
préoccupé d'en tirer une moralité alsacienne
et lorraine. Pour juger des institutions allemandes en Alsace et en Lorraine, il faut

d'abord que nous nous fixions dans un parti pris sur le rôle historique de ces deux marches de l'Est ; il faut que nous reconnaissions ce que cette vallée rhénane renferme de permamanent et qu'il s'agit de maintenir. Sainte-Odile est le vrai sommet d'où l'on peut sentir et comprendre avec amitié la continuité de l'Alsace et du pays messin.

Comment saurais-je rendre sensible la solitude, les plaisirs et la musique d'un long automne à Sainte-Odile?

C'est avec amour et confiance qu'à chaque visite je me promène sur la forte montagne. Il n'en va pas de même ailleurs. Ailleurs, qu'un oiseau donne un coup de sifflet, qu'autour de moi les mouches accentuent leur bourdonnement, que les aiguilles des sapins miroitent au soleil, c'en est assez, ma vie fermente, je souffre d'une sorte d'exil : je regrette ma demeure, mes pairs et toutes mes activités. Sur la montagne du Montserrat, plus étrange sinon plus belle que l'Ottilienberg, je ne pus jamais m'oublier, me donner. « Je salue vos puissances, disais-je au mont sacré des Catalans, mais nulle pierre de vos gradins ne saurait servir au tombeau qu'il faut que je m'édifie. » Sainte-Odile, au contraire, me semble l'un de mes cadres naturels, et je foule, infatigable, les sentiers de ma sainte montagne en me chantant le psaume qui m'exalte : « Je suis une des feuilles éphémères, que, par milliards, sur les Vosges, chaque automne pourrit, et, dans cette brève minute où l'arbre de vie me soutient contre l'effort des vents et des pluies, je me connais comme un effet de toutes les saisons qui moururent. »

Je m'enfonce dans ce paysage, je m'oblige à le comprendre, à le sentir : c'est pour mieux posséder mon âme. Ici je goûte mon plaisir et j'accomplirai mon devoir. C'est ici l'un de mes postes où nul ne peut me suppléer. A travers la grande forêt sombre, un chant vosgien se lève, mêlé d'Alsace et de Lorraine. Il renseigne la France sur les chances qu'elle a de durer.

Bien que je doive d'heureux rythmes à
Venise, à Sienne, à Corfou, à Tolède, aux
vestiges même de Sparte, et que je refuse la
mort avant que je me sois soumis aux cités
reines de l'Orient, j'estime peu les brillantes
fortunes que me firent et me feront de trop
belles étrangères. Bonheurs rapides, irritants,
de surface ! Mais à Sainte-Odile, sur la terre
de mes morts, je m'engage aux profondeurs.
Ici, je cesse d'être un badaud. Quand je
ramasse ma raison dans ce cercle, auquel je
suis prédestiné, je multiplie mes faibles
puissances par des puissances collectives, et
mon cœur qui s'épanouit devient le point
sensible d'une longue nation.

Le soir de mon arrivée, sous la pluie qui
tout le jour ne s'était pas interrompue, une
petite sœur des pauvres traversait la grande
cour du monastère, au point où la porte cin-
trée s'ouvre sur la forêt. Cette cornette et
l'inconfort général donnent un style monas-
tique à ces dépendances qu'ennoblissent de

sombres tilleuls. Sans doute, au grand jour,
Sainte-Odile n'est plus qu'une hôtellerie
tenue par les petites sœurs des pauvres ; le
monastère a perdu sa règle et le cloître sa
solitude ; mais, de l'ensemble se dégage une
magistrale leçon de continuité. Il y a la stèle
du douzième siècle, encastrée dans un mur du
cloître ; il y a, dans la chapelle, les reliques
de sainte Odile, que la critique la plus scru-
puleuse tient pour authentiques ; il y a, sous
les murs du monastère, comme le panier de
son sous la guillotine, l'étroit cimetière des
nonnes anonymes ; et le spectacle le plus
instructif, c'est tout au fond des corridors,
quand on débouche dans un étroit potager.
Seul, un muret nous sépare de l'abîme. Sur
la pointe du rocher plat, où repose depuis
quatorze siècles l'audacieuse construction, cet
humble jardin de légumes, semblable à un
éperon, domine la cime des plus hauts sapins.
Ici d'innombrables générations sont venues
admirer ce qui ne meurt pas, la magnifique
Alsace : l'Alsace « toujours la même et tou-

jours nouvelle », dit Gœthe, en retraçant avec plaisir, dans ses Mémoires, son pèlerinage de jeune étudiant à l'Ottilienberg.

Dans ce paysage aux motifs innombrables, l'essentiel, c'est l'armée des arbres, qui s'élève de la plaine pour couvrir de ses masses égales les ballons et les courbes des Vosges, cependant qu'au loin, l'Alsace agricole s'étend, avec ses verts et ses jaunes variés, ses rares bouquets d'arbres sombres, ses rouges petits villages, et, doucement, bleuit, pour finir là-bas, dans une sorte d'eau lumineuse. Mais plus lyrique encore, selon ma préférence, que cette escalade forestière et que ce repos champêtre, il y a le royaume des airs. Nous assistons aux échanges du ciel et de la terre, quand les vapeurs montent et descendent. Parfois sur la plaine glisse une grande ombre qu'y projettent les nuages. Parfois ceux-ci s'interposent entre la terre et notre regard. Ils circulent rapidement comme une flotte défile devant un promontoire.

Les matinées de septembre, à Sainte-Odile,

sont des matinées de bonheur. On voit une
plaine aussi douce et neuve, dans ses blondes
vapeurs, flottantes, que la jeune fille classique
de l'Alsace. Délicieusement mouvementée,
bien qu'aux regards distraits elle paraisse
unie, cette vallée du Rhin prouve les grâces
et les forces de la ligne serpentine. Ses chemins, jamais droits, ondulent avec noncha-
lance. La jeune plaine d'Alsace auprès de la
vieille montagne ! serait-on tenté de dire ;
mais que le soleil atteigne la montagne si
noire, elle s'éclaire, devient jeune à son tour.
Plaine rhénane ou montagne vosgienne, c'est
ici une bienfaisante patrie, le lieu des plaisirs
simples. Une nation laborieuse y sait jouir
de son bonheur terrestre. Quelles figures satis-
faites chez les pèlerins qui défilent sur la terrasse de Sainte-Odile ! Se bien promener et
bien manger, en gaie compagnie, c'est la
devise de l'Alsace heureuse.

Mais à mesure que l'hiver approche, on ne
voit plus qu'à travers des espaces d'humidité
les villages devenus bruns, les terres roses,

les prés d'un vert clair. De longs rubans de
nuages restent indéfiniment accrochés à la
montagne, et l'Alsace, en bas, devient un
archipel dans une mer lointaine et bleuâtre.

Parfois, vers midi, notre montagne est
dans le soleil, mais la plaine passera la journée
sous un brouillard impénétrable. A quelques
mètres au-dessous de nous, commence sa
nappe couleur d'opale. Sur ce bas royaume
de tristesse reposent nos glorieux espaces de
joie et de lumière ! C'est un charme à la Cor-
rège, mais épuré de langueur, un magnifique
mystère de qualité auguste. Je parcours avec
allégresse les sentiers en balcon de mon étin-
celant domaine forestier. Qu'une branche
craque dans les arbres, j'imagine que des
dieux invisibles prennent ici leurs hiver-
nages. Si l'on m'excuse d'apporter aux bords
du Rhin une image classique, c'est une goutte
glissée du sein d'une déesse qui noie ce matin
notre Alsace.

A certains jours, vers cinq heures du soir,
une couleur forte et grave emplissait la plaine.

Et c'est bien « emplissait » qu'il faut dire,
car de ma hauteur je voyais si nettement, au
delà du Rhin, se relever les hautes lignes de
la Forêt-Noire, qu'à mes pieds c'était une
immense cuve où s'amassait du sérieux, du
triste et du noble.

La beauté de Sainte-Odile n'est point toute
sur sa terrasse : elle habite encore la Bloss
et l'Elsberg, que chargent de mystérieux
monuments.

Les deux plateaux de la Bloss et de l'Elsberg forment, avec le promontoire de la
Hohenburg, qu'ils flanquent au sud et au
nord, une superficie de cent hectares. Un
mur celtique les enserre d'un ruban de dix
kilomètres. C'est le célèbre « mur païen ». En
partie éboulé, recouvert de mousses et tra-
vaillé par les racines des sapins, il est fait
d'énormes blocs grossièrement équarris. Dans
ses meilleures parties, il n'a plus que trois
mètres de hauteur ; ses pierres, reconnaissables
à leurs entailles en queue d'aronde, gisent au

milieu des arbres. Selon les accidents du terrain, il se replie, ou projette des pointes, et même disparaît, toutes les fois que le rocher à pic rend impossible une escalade.

Par le plateau de la Bloss, on arrive de plain-pied sur les rochers de Mænnelstein et du Wachstein et, brusquement, on trouve le vide, tout un immense précipice. C'est une vue sur la douce, riche et diverse plaine d'Alsace, et sur le groupe puissant des montagnes solitaires et boisées. Une série de contreforts se détachent de la chaîne des Vosges et s'inclinent vers la plaine pour y mourir. J'aime ces formes éternelles plus que les gais villages, et ces bois monotones plus que les champs parcellaires. O douceur altière de ces alternances de montagnes ! Les reines de la nature reposent heureuses dans une atmosphère lilas. Et contre ma figure, il y a de délicieux mouvements d'air... Sur la pierre plate du Schafstein, sans aucun garde-fou, je suis en face des libres espaces. Tout près de ma main, frêles dans la brise, voici

des rameaux verts et jaunes, pointes des
arbres qui surgissent de l'abîme, ayant poussé,
Dieu sait comment, dans les interstices de la
dure roche. De ces ramures, et par-dessus la
profonde vallée de Barr, le regard glisse sur
un premier plan de montagnes, fort basses,
qui semblent un moutonnement de cimes
verdâtres, un crêpelage comme sur le dos des
brebis. Une seconde, une troisième chaîne
forment des masses de bleu noir, puis se dégradent en bleu gris, jusqu'à ce que là-bas,
là-bas, sur la plus haute crête, apparaisse la
très mince silhouette de la Hohkœnigsbourg,
dans une buée jaunâtre, dans un glacis de
couleur paille.

Jusqu'à quatre heures, les montagnes,
épaisses de feuillages à l'infini, ondulent,
vernies d'une brume dorée qui leur donne
du mystère et du silence. De ces spacieuses
solitudes, rien n'émerge que les deux tours
féodales d'Andlau, rien n'étincelle que l'étroite
prairie sur le ballon, près du Spesbourg. Ni
la peinture ni les mots ne peuvent rendre les

fortes et sereines articulations d'un immense paysage sévère ; il y faudrait une musique épurée de sensualisme. Dans cette harmonie d'or, cendré sur du vert, mon âme écoute un plain-chant dont le sens augmente à mesure que je m'y prête.

Quand le soleil, en s'inclinant, jette ses moires, de l'ouest à l'est, sur les montagnes qui s'abaissent vers la plaine, on voit se lever de celle-ci des centaines de fumées produites par les fanes qu'on brûle. Et, à l'opposé, vers l'ouest, dans le haut du ciel d'où descendent les montagnes, apparaissent de grandes taches ardentes, car c'est l'heure du couchant.

J'ai parcouru indéfiniment le domaine de Sainte-Odile et ses alentours. Les interminables sentiers serpentent, roses, sous les sapins qui leur font un toit vert. Pendant des heures je montais, je descendais ; parfois je m'égarais, sans rencontrer de bruit, ni de passant, ni aucune singularité. La profonde colonnade des sapins assombrissait les pentes.

Il n'y avait, pour rompre la symétrie, que des roches écorchant le sol, çà et là, et couvertes de mousses verdâtres. Les jours de soleil, la forêt sentait les mûres et, si grave toujours, avait de la jeunesse. J'y trouvais plus souvent des semaines de tempête. Le vent, brisé sur les arbres, ne se faisait connaître que par son gémissement. En vain l'eau ruisselait-elle, j'allais avec légèreté sur ce sol sablonneux et que feutrent les aiguilles accumulées.

Par de telles journées pluvieuses d'octobre, vers quatre ou cinq heures, c'est un mortel plaisir de chercher, de trouver le château romantique par excellence, le Hagelschloss. A l'extrémité du plateau et sur le mur païen, il se débat, comme un assassiné, parmi les sapins qui l'étouffent. Depuis la ténébreuse vallée qui gît à ses pieds, il apparaît, magnifique de force, de sauvagerie, ouvrant et dressant, sur les roides rochers et sur ses propres décombres, un vaste porche où deux platanes et trois joyeux acacias étonnent. Les forestiers prétendent que leurs chiens sont attirés par des puissances invisibles dans les oubliettes du Hagelschloss. Par les temps brumeux, dit-on, des fantômes s'y montrent. J'assure, au moins, que du fumier de ses feuilles amoncelées s'exhale continûment une perfide influenza.

Jour par jour, à la fin d'octobre, Sainte-Odile se teinte. La coloration débute dans les vallées intérieures. Au pré de Truttenhausen, quel enrichissement du spectacle ! Mais le brouillard, sur ces couleurs, épaissit son empire. Parfois, après une pluie, on revoit des parties importantes de la montagne ; quelque chose de sa gloire, chaque fois, a disparu. Pourtant contre l'obscur, le ténébreux hiver, je ne blasphémerai pas. L'hiver élimine l'éphémère, met en vue les solidités. Voici les troncs, le sol, les rochers. J'embrasse mieux l'ensemble dans ce qu'il a de persistant. Cette Sainte-Odile de novembre, sévère, concise et dépouillée, semble vue par un froid vieillard. Dans la trame des siècles, les vieillards suppriment les particularités éphémères ; ils s'en tiennent aux masses éternelles, aux blocs sur quoi se fonde l'humanité. Quand l'hiver dépouille ma montagne, je vois mieux les dolmens préceltiques, le castellum romain et les tours féodales, témoins quasi géologiques des moments dépassés de notre civilisation. Et puis, là-bas, sur l'horizon, une ligne épaisse de brouillards marque plus fortement le Rhin.

CHAPITRE VI

LA PENSÉE DE SAINTE-ODILE

Un philosophe est venu à Sainte-Odile. M. Taine a connu ces délices de la solitude, de l'espace et de la solennité. Ses sentiments de vénération furent éveillés par ce paysage. Il les exprime dans une méditation, dans un examen de conscience, dans une prière fameuse.

« Du haut de ces terrasses, dit-il, comme on se détache vite des choses humaines ! Comme l'âme rentre aisément dans sa patrie primitive, dans l'assemblée silencieuse des grandes formes, dans le peuple paisible des êtres qui ne pensent pas !... Les choses sont divines, et voilà pourquoi il faut concevoir des dieux pour exprimer les choses... Les premières religions ne sont qu'un langage

exact, le cri involontaire d'une âme qui sent
la sublimité et l'éternité des choses en même
temps qu'elle perçoit leurs dehors... Quand
nous dégageons notre fond intérieur enseveli
sous la parole apprise, nous retrouvons invo-
lontairement les conceptions antiques, nous
sentons flotter en nous les rêves du Véda,
d'Hésiode ; nous murmurons quelqu'un de
ces vers d'Eschyle où, derrière la légende
humaine, on entrevoit la majesté des choses
naturelles et le chœur universel des forêts,
des fleuves et des mers. Alors, par degré, le
travail qui s'est fait dans l'esprit des premiers hommes se fait dans le nôtre ; nous pré-
cisons et nous incorporons dans une forme
humaine cette force et cette fraîcheur des
choses... Le mythe éclôt dans notre âme, et
si nous étions des poètes, il épanouirait en
nous toute sa fleur. Nous aussi, nous verrions
les figures grandioses qui, nées au second âge
de la pensée humaine, gardent encore l'em-
preinte de la sensation originelle, les dieux
parents des choses, un Apollon, une Pallas,

une Diane, les générations de héros qui avaient le ciel et la terre pour ancêtres et participaient au calme de leurs premiers auteurs. A tout le moins, nous pouvons nous mettre sous la conduite des poètes et leur demander de nous rendre le spectacle que nos yeux débiles ne suffisent pas à retrouver. Nous ouvrons l'*Iphigénie* de Gœthe... »

Ainsi parle Taine et, sur ce large préambule, dans un magnifique éloge, il exalte la vierge de Mycènes, *sacrifiée* et *sacrifiante*, comme la plus pure effigie de la Grèce ancienne et le chef-d'œuvre de l'art moderne : l'abrégé de ce qu'il y a de plus parfait au monde.

Cette belle élévation témoigne que les heures passées sur la montagne de Sainte-Odile sont, nécessairement, des heures de prière ; elle traduit une grande âme émue par la nature septentrionale. Ce chant incite, échauffe nos idées, héroïse nos sentiments et nous monte d'un degré ; mais que formule-t-il qui nous serve? Nous ne pourrions guère le traduire en actes. Stérile sublimité ! De cette haute minute, allons-nous retomber à notre dispersion, ou bien, contraignant nos âmes, saurons-nous les arracher aux attendrissements diffus de la rêverie pour saisir des réalités alsaciennes?

Des dolmens et des menhirs, une puissante muraille druidique, un castellum romain, un couvent, des burgs moyenâgeux peuvent distraire, sans plus, des passants étrangers; mais si je suis un Alsacien, je dois savoir et sentir que cette noble montagne ne fut point ainsi surchargée pour qu'elle m'offrît des promenades ou des thèmes de rêverie. Aux pentes de Sainte-Odile une intelligence virile, avec ces pierres semées, remonte le sentier de ses tombeaux. C'est un ensemble où la nature et l'histoire collaborent. Toutes les puissances de Sainte-Odile se fondent dans un chant civilisateur.

Cette discipline que leur terre et leurs morts commandent à l'Alsacien, Taine l'eût reconnue, s'il s'était moins détaché de ses Ardennes natales. Il exprime des idées viables

et fécondes, chaque fois qu'il est le fils du
notaire de Vouziers et le petit garçon formé
par des promenades en forêt. Son erreur, à
Sainte-Odile, fut de ne pas se soumettre aux
influences du lieu ; il a méconnu les leçons de
ces remparts et de ces tombes. Sa pensée ne
s'accorde pas à l'horizon des Vosges et du
Rhin. On vérifie sur un tel cas que le meil-
leur génie devient artificiel et stérile s'il se
dérobe à ses fatalités. Le plus vif sentiment
de la nature, et Virgile lui-même nous tenant
par la main, nous égareraient dans nos bois.
Pour nous guider sur notre sol, nul ne peut
suppléer nos pères.

Si l'on avait traduit en marbre l'hymne de
M. Taine, nous verrions aujourd'hui l'Iphigénie allemande se dresser sur la terrasse du
monastère. Elle y ferait pendant à l'étendard
impérial qui flotte à l'autre horizon sur la
Hohkœnigsbourg... C'est démontrer par l'absurde que sur un champ de bataille, il n'y a
pas de place pour la fantaisie.

On n'imagine point de lieu où disconvienne

7

davantage qu'à Sainte-Odile la tradition nor-
malienne, pseudo-hellénique, anti-catholique
et germanophile. Les événements de 1870
prouvent mieux qu'aucune dialectique l'erreur de M. Taine, ou, pour parler net, son insu-
bordination.

Lorsque j'entre sur mon sol sacré, sur la
terre où s'incorporent mes pères qui la firent,
tout respire et enseigne leur histoire. Je me
vois assujetti à des puissances génératrices
que je puis définir. La connaissance que j'en
ai ne me laisse point m'égarer ; elle me sug-
gère une amitié pour ceux qui humanisèrent
cette nature. Je ne mènerai point sur l'Ottilienberg la vierge grecque acclimatée à Weimar
par Gœthe ; mais j'honore, en lui donnant son
plein sens, sainte Odile, que j'y trouve déjà
couronnée, et je me subordonne, pour mieux
progresser, à l'antique patronne de l'Alsace.

L'apparition d'Odile, au septième siècle,
sur le sommet du Hohenbourg causa une surprise, dont nous percevons encore le remous
par les récits merveilleux de la littérature

hagiographique. Cette émotion joyeuse s'explique. Les lieutenants de l'Empire avaient disparu, mais les chefs ecclésiastiques demeuraient. Le catholicisme, c'était encore Rome et c'était de l'ordre. Bien qu'ils fussent durs, égoïstes et anarchiques, prompts à prendre leurs armes pour augmenter leurs biens, et dédaigneux de l'intérêt général, les Barbares sentaient la difficulté de gouverner, sans une tradition appropriée, cette Gaule qui venait de leur échoir, — cette Gaule où il y avait des villes, des cultures, des manières raffinées de vivre et de sentir, une civilisation très complète, enfin, un idéal. Ils furent obligés, parce que c'était leur intérêt et la condition de leur succès, d'accepter les formules que leur proposait le christianisme, et, dans la mesure où ils les acceptèrent, ils se romanisèrent.

Odile fut le signe et le gage de l'entente d'un vainqueur tout neuf et d'un clergé civilisé. Elle représente un idéal de paix, de charité, de discipline, une moralité enfin, que l'analyse peut séparer du catholicisme, mais

qui, formée à l'ombre des églises, porte à
jamais leur marque. Cette vierge fut tant
admirée qu'on la sanctifia ; les poètes et les
émotifs suivirent les politiques ; ils inven-
tèrent et propagèrent les légendes. Odile, c'est
le nom d'une victoire latine, c'est aussi un
soupir de soulagement alsacien : une commé-
moration du salut public.

Pour que cette légende, née d'une crise,
demeurât vénérable sur une terre où, sans
cesse, arrivent d'outre-Rhin de nouvelles
masses humaines, il a fallu que chaque généra-
ration approuvât la fille d'Adalric de s'être
soustraite à la tradition brutale de ses pères ;
il a fallu qu'à travers les siècles, sur cette rive
gauche du Rhin, une élite se félicitât chaque
fois que des éléments germains étaient lati-
nisés. Notre sol a produit cette belle figure
d'Odile dans le moment où nous fûmes le plus
près de réaliser de grandes destinées, à l'aube
de la fortune carolingienne, et quand le christianisme n'avait pas encore complètement dis-
cipliné les jeunes forces barbares ; mais sainte

Odile n'est pas d'une seule époque. Aujour-
d'hui encore, sur la riche région où l'Ottilienberg règne, les éléments germaniques et gallo-
romains sont en contact ; le problème le plus
actuel et le plus pressant y est toujours celui
qu'incarne sainte Odile. Et voilà bien pourquoi la fille légendaire du farouche Adalric
demeure la patronne de l'Alsace, alors qu'ont
disparu tant d'autres saints fameux, qui,
petit à petit, ne s'étaient plus rattachés à
rien de réel. Odile est une production de l'Alsace éternelle, le symbole de la plus haute
moralité alsacienne. Elle représente ce qu'il
y a sur cette région de permanent dans le
transitoire.

Les volontés que la conscience alsacienne
projette et glorifie dans la légende de sainte
Odile s'étaient manifestées dans une longue
série d'actes, bien avant que la sainte ne fût
née ; et, longtemps après qu'elle est morte,
ces mêmes volontés continuent de nous
animer. L'office rempli par la citadelle romaine, par le mur druidique qui soutint

l'assaut des Cimbres et des Teutons, et par les veilleurs du Mœnnelstein et du Wachtstein qui guettaient les passages du Rhin, fut indéfiniment poursuivi, avec des chances variées, avant que fût acquise la plus incomplète romanisation des Germains ; et cette gloire merveilleusement servie par les Louis XIV et les Napoléon, nous allait être donnée, quand le flot de 1870, en humiliant la civilisation romaine, vint remettre en question notre existence sur le Rhin. Aujourd'hui, il nous faut le même miracle qu'au temps d'Odile, fille d'Adalric. Nous attendons que notre sol boive le fond germain et fasse réapparaître son inaltérable fond celte, romain, français, c'est-à-dire notre spiritualité.

Comme il éclate sur le sommet de la Montagne, notre devoir alsacien ! Cette sainte montagne, au milieu de nos pays de l'Est, elle brille comme un buisson ardent. Ainsi éclairés, nous ne nous perdrons pas dans les circonstances passagères et les accidents extérieurs. Nous n'avons pas à adapter notre nature aux fluctuations du combat éternel des Latins et des Germains. Ceux qui élevèrent ces pierres, ce mur, ces menhirs, ce monastère, ont disparu, mais ce qu'il y avait, dans leur activité, qui était conforme à la vérité du pays, a subsisté. Cette énergie juste vit toujours en nous et veut être employée.

La romanisation des Germains est la tendance constante de l'Alsacien-Lorrain.

Telle est la formule où j'aboutis dans mes méditations de Sainte-Odile. Elle a l'avantage de réunir un très grand nombre de faits et de satisfaire mon préjugé de Latin vaincu par la Germanie. J'y trouve un motif d'action et une discipline. Dans l'état des choses, les Alsaciens et les Lorrains ne peuvent plus collaborer avec les Français ; cependant, ils ne voulaient pas collaborer avec les Allemands : faut-il donc qu'ils s'abandonnent? Je leur propose et je me propose un système de direction qui tienne compte des rapports qu'il y eut toujours entre la France, l'Alsace-Lorraine et la Germanie, en même temps qu'elle nous jus-

tific d'agir comme nous tendons naturellement à faire. Ainsi je puis dire que ce système
contient de très nombreux faits historiques
et tout notre cœur. Il ordonne nos notions du
passé de la manière qui satisfait le mieux
notre esprit ; il nous fait prévoir l'avenir tel
que la générosité de notre sang nous commande de le prophétiser.

Si l'on ignore le malaise qu'éprouvent certaines personnes pour agir, tant qu'elles n'ont
pas fondé leur activité sur un principe spi-
rituel, l'on ne pourra pas comprendre mon
allégresse dans cette fin d'automne, alors
que la montagne et sa légende me devenaient
une solidité et que je pouvais dire avec
les simples : « Sainte Odile, patronne de
l'Alsace ! »

Pourtant cette plénitude n'allait point sans
amertume, car du même coup d'œil que
discernais ma tâche, je revoyais en esprit
la plaine messine désertée, Strasbourg déna-
turée... Ah ! comment ces deux reines cap-

tives pourront-elles imposer leur génie ou même y demeurer fidèles?

C'est bien de dire que les conquis conquerront par l'esprit leurs rudes conquérants. C'est la vérité historique, philosophique, fondamentale de toute activité vraiment citoyenne sur la rive gauche du Rhin. Mais comment cela, qui doit être nécessairement, sera-t-il? Par où l'Alsacien, le Lorrain seront-ils avertis d'une manière vivante de ce devoir que le philosophe peut bien reconnaître, mais que le philosophe n'est pas en mesure de faire pratiquer? Comment l'instinct de civilisateur latin, que notre raison constate et honore, à travers les siècles, chez les populations de ce terroir, s'éveillera-t-il aujourd'hui et comment agira-t-il? De quelle manière l'Alsacien-Lorrain veut-il accomplir sa prédestination?

Je me rappelle ce dimanche de novembre, ce jour de la Toussaint, où je me promenais dans les sentiers de Sainte-Odile, en achevant de reconnaître les grandes pensées du paysage.

Elles étaient fortes et précises, tangibles sous
ma main, dans mon âme, et cependant ne nui-
saient pas aux rêveries vagues et profondes
qui se lèvent des pierres historiques et des
forêts illimitées. Sous les arceaux du couvent,
sous les grands bois et les burgs, j'entendais
les cloches des églises et les clochettes des
vaches. Tout chantait la durée du mont et
la rapidité du passant. Messes incomparables !
J'aurai dans l'âme jusqu'à ma mort les prairies de Sainte-Odile, la délicatesse de leurs
colchiques d'automne et la pensée des morts
qu'ils recouvrent. Mais je me répétais, dans
cet extrême délice, qu'une tradition, par elle-
même, n'est qu'une fleur, — une « veilleuse »,
comme nous appelons en Lorraine le col-
chique, — une veilleuse des morts, s'il ne
surgit pas une volonté vivante qui donne au
verbe une chair.

J'avais vu monter de la plaine des promeneurs, hommes, femmes, enfants, pour la
plupart des Alsaciens, et, certes, bien loin
qu'ils fussent des vaincus, leurs manières

d'être témoignaient de solides et nobles habi-
tudes et une grande confiance en eux-mêmes.
« Il ne serait point difficile, me disais-je,
que de telles gens se dévouassent sur les
champs de bataille, dans les armées de la
France, mais, chaque jour, chacun de ces
Alsaciens, pris comme il est par des intérêts
positifs, peut-il trouver en soi une dose suffi-
sante d'énergie pour combattre le germanisme? » Au soir, le soleil allant bientôt
disparaître, je me trouvais, sous le Mænnelstein, au milieu des sapins, dans le kiosque
qui domine la route de Sainte-Odile à Barr.
Soudain y pénétra une section du Club vosgien allemand, qui avait déjeuné au monastère
et qui redescendait. Ces gens avaient copieu-
sement goûté les petits vins d'Alsace. A leur
tête marchait une « frau-major », la femme
d'un commandant, petite et ronde, et sus-
pendue au bras de son mari, un colosse,
assez en peine, lui-même, de marcher avec
la dignité qui convient à son grade. Entrés
avec de grands cris, ils se turent, tous émer-

veillés par la beauté du spectacle : à leurs
pieds, le vallonnement, la profondeur des
bois interminables, et, dans le lointain, sous
un soleil rouge, toute la bonté de la plaine
d'Alsace. Alors la grosse commandante se
jeta au cou de son mari, et des larmes, de
vraies larmes d'enthousiasme et de boisson,
coulaient des yeux de cette Walkyrie :

— Ah ! Fritz ! Fritz ! s'écriait-elle ; quelle
province tu conquis !

Or, je me demandais, regardant cette
troupe : « Quelle chose est-il dans vos projets
de faire avec notre pays, que nos pères ont
aménagé? Et lui-même, si vivace, bien qu'il
se taise, quel pain fera-t-il de votre pâte barbare? »

A ce moment la seconde porte du chalet,
celle qui mène sur Barr, s'ouvrit et M. Ehrmann entra au milieu de nous. Cette fois,
nous ne pouvions pas nous éviter. Nous
remontâmes ensemble jusqu'à Sainte-Odile,
où le jeune Alsacien me dit qu'il demeurerait
quelques jours. Je me rappelle que nous avons

causé de choses indifférentes. Je pressentais
bien que ce jeune homme pourrait me faire
avancer dans la connaissance du problème
alsacien-lorrain, mais je ne voyais pas de
convenance à lui présenter mes idées dans
le système où je venais de les grouper. Et
pourtant, ce procédé de concevoir nos expé-
riences propres comme des accidents de l'histoire éternelle de notre nation, un peu pédant
aux yeux des Parisiens, est, je crois, très
approprié à des esprits formés sur la frontière
franco-allemande.

CHAPITRE VII

UN HÉRITIER

Le lendemain, par une claire après-midi, nous descendîmes vers les deux châteaux d'Ottrott. Je disais à M. Ehrmann quel plaisir je venais de prendre dans cet automne de Sainte-Odile. Il m'écoutait comme un amant à qui vous louez son amie et qui trouve qu'en bonne justice, il faudrait hausser de ton chacune des épithètes.

Les Lorrains passent, en Alsace, pour aimer peu les Alsaciens. Il y avait en outre, non pas de la méfiance, mais une sorte de réserve. Je crois qu'il me faisait subir un examen. Sa jeune figure guerrière me plaisait tant, que je voulus vaincre cet embarras de notre sympathie.

— En Alsace, lui dis-je, plus encore que

la plaine et les bois, j'aime l'énergie des
caractères... Notre Lorraine, sous l'action des
Allemands, ne se reniera pas. Mais quoi ! elle
subit. Vous autres, vous avez de magnifiques
réactions. Un exemple : au café des « Variétés », à Strasbourg, un samedi, vers le temps
de Pâques, j'ai vu une belle bataille, monsieur Ehrmann.

Je posai amicalement ma main sur son
épaule.

— Ah ! vous y étiez? me dit-il.

Il eut une forte hilarité de jeune héros
au souvenir d'une si bonne soirée, et cependant une gêne d'avoir compromis sa respec-
tabilité de docteur.

—Monsieur Ehrmann, repris-je d'un ton détaché qui semblait peu tenir à la réponse et lui
permettait, si elle le gênait, d'éluder ma question, monsieur Ehrmann, pourquoi diable
restez-vous en Alsace, où vous devez souffrir?

Si hardi que je me jugeasse moi-même, je
ne dus pas le surprendre, car il avait toute
prête sa formule de riposte.

— Je suis un héritier; je n'ai ni l'envie, ni le droit d'abandonner des richesses déjà créées.

Il désigna la plaine qu'à cette minute nous dominions depuis le pavillon de l'Elsberg, et il se frappa la poitrine. Il indiquait des richesses en dedans de lui et des richesses autour de lui.

L'accent, le geste et la formule m'émurent d'admiration. C'est une délicieuse surprise, si des jeunes gens qu'on allait juger sur leurs manières, qui sont apprises et mal adaptées encore à leur être profond, nous laissent soudain entrevoir une riche et noble personnalité. Je reconnus, après toutes mes abstractions de Sainte-Odile, un véritable homme, non plus de la philosophie alsacienne, mais un Alsacien en chair et en os, que je pourrais peut-être comprendre en m'y prenant bien. Aussi, quand M. Ehrmann commença de causer, je me gardai de l'interrompre, voire de sembler trop attentif; il pensait tout haut et je craignais que la plus légère critique ou même une approbation empêchât de s'épandre une magnifique sincérité.

— J'ai voyagé plusïeurs fois en France, disait-il. Tout m'y semble doux et civilisateur. J'y sens une constante supériorité. J'admire et je suis à l'école. Mais beaucoup de ces belles leçóns ne peuvent pas me profiter. Ici, dans les promenades, que je fais pour la centième fois, je suis assailli par des discours qui sortent de la terre, à l'adresse du jeune Paul Ehrmann. Tout m'importe, en Alsace, les cultures, les usines, même les auberges : je suis content que vous aimiez les promenades de Sainte-Odile et je regrette qu'on vous nourrisse mal au couvent... Mes phrases me desservent si je me donne une couleur de vaniteux. Mon sentiment exact, c'est celui du manœuvre né dans le domaine où travaillaient déjà ses parents et qui croit sentir sur lui un peu du mérite attribué aux arbres, aux prairies, au bétail qu'il soigne. Et de fait, nos visiteurs français qui voient la gloire de l'Alsace, en conçoivent quelque estime pour

chacun de nous. Mais si je vais à Paris, ou
même à Nancy, on raillera mon accent, et
l'on m'en voudra peut-être parce qu'il a fallu
caser ceux qui optaient pour la France.
Ici, je suis à ma place. J'ai déjà bien parcouru
l'Alsace, et je sais parler aux gens de toutes
les classes. En Alsace, mais en Alsace seulement, je puis, au hasard de ma route, aborder les petites gens ; je suis sûr d'être des
leurs ; je prendrai même sur eux une certaine
autorité. Mon père est beaucoup estimé dans
le Haut-Rhin ; j'ai des parents un peu partout ; on connaît notre nom. Moi-même j'ai
déjà commencé à rendre des services. Mon
pays est un champ d'activité à ma taille.

Tout de même, sur le mot « service », je
crus pouvoir sourire :

— En effet, dis-je, vous tapiez allégrement
sur vos Prussiens.

— Cela, dit-il avec une certaine sécheresse, c'est de l'amusement.

En vain j'essayai de le remettre dans sa
voie de confidence. Je venais de faire une

faute, car beaucoup d'Alsaciens sont très susceptibles. Il marchait en silence, devant moi, dans le petit sentier.

Cette descente de l'Elsberg sur les roses châteaux d'Ottrott, que les rayons d'un soleil jaunâtre illuminaient dans la verdure, est un des plus gracieux décors de Sainte-Odile. Arrivés à la maison forestière, nous nous assîmes en plein air, aux longues tables de bois. Une jeune femme massive et plutôt sale nous apporta du miel et du café au lait. Elle avait accueilli M. Ehrmann avec un sourire aimable sur sa forte face rustique ; mais elle avait vite retrouvé son indifférence, son assoupissement de bétail. Aussi, je m'étonnai quand elle refusa notre argent.

— N'insistez pas, me conseilla mon compagnon. Ça lui lui fait plaisir de nous traiter. Achetez-lui seulement quelques cartes postales ; il faut développer chez nos Alsaciens la disposition à bien accueillir les Français.

Quand nous fûmes sous le bois, je demandai à M. Ehrmann s'il connaissait beaucoup cette bonne femme.

— Tout à l'heure, me dit-il, je vous ai fait sourire, en indiquant que j'ai commencé à rendre des services. Notre manière d'énoncer les choses tout crûment semble aux Parisiens à la fois naïve et orgueilleuse, c'est-à-dire ridicule. Je n'avais pourtant pas l'idée de m'attribuer un mérite. Si je suis médecin, c'est naturel que je rende des services. Eh bien ! il est arrivé qu'ici, d'une manière assez extraordinaire, j'ai sauvé cette femme. Ce que j'aime dans cette circonstance, ce n'est point qu'étant très jeune, et pas encore docteur en titre, j'aie pu mener à bien une cure. Ce qui me satisfait, c'est d'avoir sauvé ces forestiers malgré eux, contre eux, de vive force, et, non point, certes, pour leur plaire, mais parce qu'il faut courir toujours là où l'on voit la vérité.

Devais-je trouver mon compagnon insupportable ou sympathique, pour cette étrange manière qu'il avait de parler, comme si

l'ironie n'existait ni en lui, ni chez les autres?
Je le priai de me raconter, en détail, son
aventure.

— Il y a une année environ, — c'était
peu avant que je fisse votre connaissance en
Lorraine, — je descendais de Sainte-Odile.
Comme je passais devant la maison où nous
venons de goûter, je vis des gens affolés.

« Le mari (c'est un garde forestier privé,
un naïf paysan, un peu brute et bébête)
criait : « Ma femme va mourir ! » Sa vieille
mère hurlait. Ils n'avaient avec eux qu'un
enfant de trois ans. L'homme ne se décidait
pas à descendre sur Ottrott. A quelle heure,
en effet, aurait-il ramené le docteur? Je lui
dis : « Moi, je suis médecin; nous allons
tâcher de vous être utile. »

« J'entre. Un filet de sang coulait du lit
où la femme gisait. Une forte hémorragie.
Je dis à la mère de faire bouillir rapidement
de l'eau. J'enlève ma veste, mon col; je re-
trousse mes manches. Je ne vais pas vous
décrire mes soins. J'indique au mari com-

ment il doit m'aider à placer sa femme et
puis à la tenir. Il était blême, et la mère à
moitié folle. La malade hurlait. « Je vous
prie, madame, lui disais-je, soyez patiente ;
c'est pour votre bien : sans quoi vous allez
mourir. » Mais voilà que, sous un flot de
sang, la mère, lâchant la jambe, s'évanouit,
et que le mari étreint sa femme : « Ne t'en va
pas, criait-il. » Et à moi : « Brute, assassin !
vous êtes le diable, vous tuez ma femme ! »
Sans arrêter mes soins, je lui donnais des
ordres, en m'appliquant à garder mon calme
et mon autorité. Il veut m'arracher du che-
vet. De la main gauche, je le repousse violemment. Il se précipite dehors et revient, au
pas de course, avec une hache. Je me lève,
j'empoigne une chaise et la lui lance sur la
figure. Je saisis sa hache, je le prends lui-
même par les épaules et je le jette dehors. Je
tourne la clef de la porte et je cours fermer
la fenêtre. Puis, je vais à la cuisine m'assurer
que l'eau continue à bouillir. Il fallut que je
me lavasse une seconde fois. Mon homme

donnait de formidables coups de pied dans la porte. Vivement, en dix minutes, j'avais terminé mon opération et lavé toute ma patiente. Alors, je trempe une serviette dans l'eau froide, et, très violemment, je frappe dans la figure de la mère, qui revient de son évanouissement. — « Allons ! lui dis-je, donnez-moi un drap frais ; nous allons recoucher proprement votre fille. »

« J'empoigne la malade et la dépose sur le plumeau. Nous retournons le matelas, nous changeons la lingerie. — « Avez-vous une liqueur forte? » — « Nous avons de la bonne myrtille. » — Après qu'elle a bu une gorgée, la malade reprend ses esprits dans son lit refait. — « Eh bien ! madame, vous êtes sauvée. » — « Monsieur le docteur, disait la vieille, est-ce pour sûr? » — « Oui, bonne femme. » — Alors la vieille tombe à genoux et remercie le ciel. C'est une chose très jolie, à laquelle nous assistons souvent.

« Déjà le sang de la malade se refaisait. Elle entr'ouvrit ses yeux. C'était une bonne créature. A demi évanouie, elle avait suivi toute l'opération, et maintenant son regard et sa main, qui cherchait la mienne, me remerciaient.

« — A cette heure, dis-je à la mère, nous allons laisser entrer le mari. » Nous le vîmes sur un tas de fumier, juste en face de la porte, pleurant à chaudes larmes. La vieille lui cria : — « Arrive donc ! Louise est sauvée. » — Il fut, du même bond, debout près de nous. Du seuil, il rit à sa femme qui le regardait gentiment. Il courut sangloter sur le lit. Rien n'est comique comme les maris qui ont failli perdre leur femme. On dirait des enfants, pour leur manière de témoigner leur affection. D'ailleurs, ils exaspèrent le médecin, parce qu'ils dérangent la malade. Celui-ci avait la grande émotion d'une brute. Il répétait :

« — Dire que j'ai failli la perdre ! » — Je l'invitai à ne pas écraser sa femme. Il se rappela ma présence. — « Monsieur le docteur, qu'est-ce que j'ai fait? Pardonnez-moi ! »

« Je désirais boire un petit verre de myrtille. Ils prétendirent que j'emportasse la bou-
teille entamée et encore une toute neuve...
Et, quand je passe ici, comme vous avez vu,
ils m'offrent une tasse de café. »

— Tout de même, cher monsieur Ehrmann, cette créature qui était perdue, sans le
hasard de votre passage, elle semble un peù
morne. Ne devrait-elle pas danser de joie et
de gratitude, sitôt que vous apparaissez à
l'issue du sentier.

— Voilà une réflexion qui n'a rien de mé-
dical. Nous connaissons la marche, l'heureuse
marche des choses, et qu'à mesure que revient la santé, tous les souvenirs de la maladie s'effacent. Sur le premier moment, on
nous baise les mains, nous sommes des
dieux ; six mois après, quand nous envoyons
notre note, on nous trouve importuns. Je
ne pense pas qu'aucun de nous, s'il est amou-
reux de sa profession, travaille pour con-
quérir la reconnaissance du malade. Ici,

d'ailleurs, il faut considérer la rudesse naturelle de ces gens qui vivent dans cet écart,
qui gravissent la montagne à pleins fourrés,
qui continuellement vont plus loin que leurs
forces physiques, qui marchent tout endormis, lourds, insensibles, négligents : des
brutes ! Mais quelle belle réserve de force,
ces gaillards et ces gaillardes ! Tous leurs re-
merciements vaudraient moins pour me ré-
jouir que la solidité de cette belle femelle
qui, grâce à mon intervention, a été conservée
à la montagne de Sainte-Odile. Et puis,
comptez-vous pour rien mon plaisir à moi,
qui, dans mon cinquième semestre, ai pu
me débrouiller sans instrument?

Je reconnus à ces phrases un homme qui
savait se tenir au-dessus de ses actes. Je
n'aime causer qu'avec ceux-là. Si M. Ehrmann manquait d'esprit, il ne manquait
point de portée. Il y avait, dans cette histoire
vulgaire, de la sérénité, de la solidité et, pour
tout dire, une dignité qui ressemblait à de la
poésie.

Maintenant, je n'étais plus gêné d'interroger M. Ehrmann, parce que je voyais que
je ne le mettrais jamais dans le cas d'avouer
des choses basses. Je lui posai nettement la
difficulté.

— Vive l'Alsace ! monsieur Ehrmann, mais
il y a la France ! Je crois comprendre et je
respecte votre patriotisme alsacien. Laissez
pourtant que je vous demande si vous demeurez tant soit peu Français, dans quelle mesure,
et ma foi ! monsieur, par quel expédient?

J'étais las de regarder les images de l'automne et de me tenir dans l'abstrait de l'histoire. Le jeune docteur Ehrmann me donnait
l'occasion de connaître l'âme d'un fils de
Français au service de l'Allemagne. J'allais,
dans une jeune conscience mystérieuse, recueillir une pleine brassée de faits.

Tout le reste de la journée, M. Ehrmann
me raconta ce qu'est la France pour un petit
garçon de la bourgeoisie alsacienne.

— Je suis né, disait-il, au Logelbach, près
de Colmar, en 1880. Ma mère mourut à la

naissance de mon frère, quand j'avais quatre
ans. Mon père est directeur d'usine. Avec les
quinze mille francs qu'il gagne, nous avons
toujours mené une vie large. Les besoins sont
si peu compliqués dans la bourgeoisie tra-
vailleuse d'Alsace ! Mais, à sa mort, nous
trouverons des tiroirs vides.

La nécessité de garder l'emploi qui le fait
vivre expliquerait déjà que mon père soit de-
meuré en Alsace après la guerre. Pourtant, il
s'y décida sur une raison d'ordre moral.
L'émigration, prétend-il, est encore plus funeste à l'Alsace que la bataille de Frœschwiller. Il prévoit avec chagrin qu'un jour nos
usines tomberont aux mains des Allemands,
qui auront tôt fait de germaniser l'esprit des
ouvriers. Voyez Mulhouse : dès maintenant,
les fils d'industriels étant passés en France,
plusieurs industries sont devenues allemandes.
Depuis que je suis au monde, j'entends dire
et redire : « Il faut rester au pays ; ne soyons
pas, comme en 70, des soldats pleins de
cœur avec une mauvaise idée directrice. Ce

n'est pas une conception juste d'aller en
France, nous n'avons rien à y faire d'indispensable. Notre devoir d'Alsacien est en
Alsace. » Mon père a toujours voulu que mon
frère cadet lui succédât et que, moi, je m'éta-
blisse médecin à Colmar. Un médecin et un
directeur d'usine, dans l'ancienne Alsace,
plus encore qu'aujourd'hui, c'étaient des no
tables : mon père veut engager ses deux fil$
dans la digue contre les Allemands.

Vous connaissez Colmar, monsieur ; vous
avez visité le musée dans le couvent des Un-
terlinden et, dans la cathédrale, la Vierge aux
Rosiers de Martin Schœngauer. Mais un passant peut-il sentir ce qu'a cette vieille petite
préfecture française pour un garçon qui, toute
son enfance, a joué indéfiniment sur la place
des Tilleuls, quand les femmes lavent leur
linge et que le soir tombe.

En famille, nous nous servions de la langue
française, et comme d'autres classent les gens
sur la fortune, les décorations ou les titres,
nous jugions nos compatriotes d'après la

langue qu'ils parlaient. C'est une idée commune à tous les Alsaciens que la connaissance du français est une aristocratie. J'ai
appris à lire dans une *Histoire de France* par
Bordier et Charton, remplie d'images sur
bois qui vivent dans mon âme profonde :
symboles vénérables, autour desquels je classe
toutes mes connaissances. Nous vivions avec
des pères, des mères, des sœurs, des cousins
d'officiers français. Parfois, au 14 juillet, ils
allaient à Belfort serrer la main de leur pa-
rent. Je causais des campagnes de 70, du
Mexique, d'Italie et de Crimée, avec un tas
de vieux soldats, nos ouvriers. Si loin que
je recule dans mes souvenirs, j'entends mon
père me raconter l'épouvante que ce fut
dans Colmar quand on sonna le tocsin pour
la défaite de Wœrth. Tout petit, j'avais l'impression d'avoir souffert pour la France.

A cinq ans, j'allai chez une personne qui,
sous prétexte de « garder » les enfants, leur
enseignait l'orthographe française. Elle n'en
avait pas le droit. Elle fut dénoncée, et je

vois encore comme elle pleurait de ne plus pouvoir gagner son pain. La loi nous oblige, dès notre sixième année, à fréquenter une école de l'État. Je suivis les classes du gymnase de Colmar. Mais, avec cinq de mes camarades, je prenais des leçons chez un ancien maître du lycée français. Un jour, on frappe à la porte. Le pauvre maître, avant de tirer les verrous, nous presse de cacher nos cahiers et nos plumes. Mais comment justifier autour de cette table, cinq petits écoliers, les doigts tachés d'encre ! Comme l'institutrice, le professeur pleura.

Il y eut, en Alsace, des perquisitions pour découvrir les membres de la « Ligue des patriotes. » Le père d'un de nos condisciples fut pris. Quand l'écolier, le lendemain, arriva en classe, le maître l'invectiva : « Ah ! vous pouvez vous vanter d'avoir un joli papa ! C'est un scandale qu'un sujet allemand se permette une trahison envers sa patrie. Votre père est une canaille, et, s'il ne tenait qu'à moi, je le ferais pendre haut et court !... »

Ce flot d'injures coula longuement devant nous tous qui, Allemands et Alsaciens mêlés, avions de huit à neuf ans. Le fils de la « canaille » pleurait à chaudes larmes, et ses camarades étaient empoisonnés de fureurs diverses. — Croyez-vous qu'après une scène pareille, un petit garçon demeure exactement le même être?

Nous sommes de grands promeneurs en Alsace. Un jour (je n'avais pas dix ans), après avoir goûté dans la montagne avec mes amis, nous inscrivîmes sur le registre de l'hôtel, au-dessus de nos signatures, des phrases puériles : « Montés ici par un très beau temps, avons aperçu le faîte des Vosges » et puis à côté : « Vive la France! » Un Allemand nous dénonça au directeur du gymnase et ce fut une grosse affaire dont mon père eut du désagrément.

Une autre fois, avec des garçons un peu plus vieux que moi, j'allai en France jusqu'à Gérardmer. Nous achetâmes des rubans et des cocardes tricolores. Au retour, dans les

bois alsaciens, nous les portions à nos cha-
peaux et nous chantions la *Marseillaise*,
quand nous fûmes croisés par des Allemands
de Colmar. Le lendemain, le directeur du
gymnase nous accabla d'injures et de puni-
tions, et il nous fallait croiser dans les rues
de la ville nos dénonciateurs, qui étaient des
gens considérés.

Ces images de mon enfance me font mal.
Nous autres, jeunes bourgeois alsaciens, nous
avons grandi dans une atmosphère de conspiration, de peur et de haine et dans la certitude
de notre supériorité de race. Voilà qui explique
notre amour de la France. C'est un amour
avec obstacles : un perpétuel ressort et notre
beau secret.

A dix-sept ans, je commençai mes études
médicales à Strasbourg. J'y fus, je crois bien,
dans la situation d'un jeune provincial français qui s'inscrit à l'université de sa région.
J'ai été privé de l'atmosphère éducatrice de
Paris, mais la culture d'outre-Rhin a glissé
sur mon esprit et les étudiants allemands

m'ont déplu jusqu'à m'irriter. Nous nous sommes instinctivement rejetés.

La grande, la terrible épreuve, ce fut de me soumettre à la loi militaire allemande.

La volonté de mon père m'avait convaincu sans discussion de demeurer au pays sous le toit familial ; j'avais formé mon sentiment intérieur, mais je n'avais pas eu l'occasion de m'affirmer, de me renier ou de trouver une conciliation entre mon âme française et le fait allemand. Ma vie jusque-là n'avait été qu'un prologue : en octobre 1902, — peu de jours après notre rencontre de Marsal, — le drame commença.

Arrivé à ce point de son récit, M. Ehrmann s'arrêta. Plus tard, j'ai reconnu qu'il se cabrait à l'idée de se faire voir avec un casque à pointe sur la tête. Mais je le pressai de parler :

— Je vous en prie, ne nous embarrassons point de difficultés conventionnelles. Permettez à un Français de vous interroger et d'étudier sur les faits la vérité alsacienne. Vous me dites que votre cas n'a rien que d'ordinaire. Je l'espère bien. C'est par là qu'il m'intéresse au plus haut point. Vous êtes un échantillon de grès que je détache du rocher vosgien.

Et je me rappelle qu'avec ma canne, je frappai vivement sur le dur sol de Sainte-Odile.

M. Ehrmann prolongea ses difficultés. Je vis avec étonnement ses scrupules, presque ses timidités. En présence d'un Français, son service allemand le ravageait comme un cas de conscience. Il craignait que je ne trouvasse qu'il n'avait pas assez souffert.

— Car vous savez, me dit-il, le volontariat des Allemands est beaucoup plus doux que le service des dispensés en France. Comme étudiant en médecine, après six mois de service, je devais être libéré, pourvu que je n'encourusse pas de prison. Durant ce semestre, j'allais habiter en ville, dans mon appartement ; je viendrais à la caserne pour

y faire mon instruction militaire, à peu près
comme l'étudiant se rend à son cours, et je
serais considéré comme un futur officier...
Officier allemand ! Au fond de mon cœur,
je refusais ce privilège : un volontaire alsacien n'accepte du service que l'inévitable.
Il porte en soi une protestation perpétuelle,
et c'est ce refus intérieur qui fait, d'un
service matériellement supportable, une contrainte humiliante et, parfois, presque dé-
gradante ; du moins, nous le croyons, car
le rude orgueil alsacien accepte mal les honnêtes hypocrisies nécessaires : pour une âme
ardemment française, quel tourment s'il
faut qu'elle s'associe, par tous ses gestes
extérieurs, à la préparation contre « l'ennemi
héréditaire ».

Enfin, je gagnai la confiance de M. Ehrmann, au point qu'il prolongea son séjour à
Sainte-Odile, et, dans plusieurs conversations,
il me fit connaître par le détail les sentiments
d'un jeune bourgeois alsacien au service de
l'Allemagne.

CHAPITRE VIII

MA PREMIÈRE JOURNÉE DE CASERNE

Le 4 octobre 1902, un peu avant sept heures du matin, nous nous trouvâmes une vingtaine de jeunes gens habillés en civil, dans la cour de la vieille caserne d'artillerie de la place d'Austerlitz. J'étais le seul Alsacien.

Les Allemands s'approchaient les uns des autres, en s'inclinant légèrement : « J'ai l'honneur de me présenter à vous », et ils disaient leurs noms. Je dus à mon tour me nommer.

On me désigna avec trois autres pour la seconde batterie. Un sous-officier nous dit de le suivre. Nous payâmes la somme exigée par l'État pour le prêt d'un cheval et sa nourriture pendant six mois ; le magasin d'habillement nous vendit trois casques, un manteau, des bottes, tous les effets de grande et de petite tenue. J'étais renseigné sur les usages : j'abandonnai au sous-officier de chambrée deux casquettes plates, deux sabres, un manteau, pour qu'il en fît son affaire avec les sous-officiers de ma batterie. On me conduisit dans la chambrée de mon brosseur, qui devenait ainsi la mienne ; j'y partageais avec lui une petite armoire en bois blanc. Je fis la connaissance de mon cheval et du brosseur de mon cheval.

Ces longues stations et ces attentes debout dans l'humidité sont fatigantes, surtout si l'on a les nerfs en révolte.

Je ne pus prendre sur moi de me joindre à mes trois « camarades » quand ils m'avertirent qu'il serait sage d'offrir un verre aux sous-officiers.

A onze heures, un volontaire me dit :

— Nous allons boire un verre de bière et puis nous déjeunerons.

Je m'excusai de ne pouvoir les suivre. Ils

partirent ensemble et déjà ils étaient liés. Je regagnai ma chambre. Je me sentais comme une île douloureuse au milieu d'un brutal océan d'indifférence. Si j'avais été soldat en France, j'aurais eu dans ma chambrée des compagnons un peu jaloux, défiants, désagréables c'est possible ! et aussi des sous-officiers raides et contrariants ; mais je crois que j'aurais trouvé en moi-même une bonne humeur, une qualité de vie supérieure et entraînante pour fondre toutes les préventions : celles des autres et les miennes propres. J'aurais été si évidemment un soldat de bonne volonté et un compagnon désireux de plaire, qu'entre nous tous, il se serait créé un lien fraternel. Ou bien encore je me serais convaincu que j'étais à mon propre service, que je collaborais à la puissance de la France, et, dans des petitesses sainement interprétées, j'aurais voulu voir des grandeurs.

Ces réflexions me tinrent lieu de déjeuner.

A deux heures après midi, les volontaires des différentes batteries étant réunis dans la grande cour, le lieutenant apparut pour la première fois.

C'était un petit lieutenant à peine majeur, rose et joufflu, les cheveux ras, très raide et très sanglé. Il se promenait en caressant une moustache claire dont la pointe, trop dardée sous le nez, lui donnait un drôle d'air. Ses gants, ses manchettes et son col très haut émerveillaient par leur blancheur sur l'uniforme sombre. Certainement il jouissait de nous montrer sa suprême élégance militaire. Mes compagnons l'admiraient beaucoup. Eux et lui servaient le même idéal.

Tous ces gens-là étaient emboîtés dans le même ordre social. Notre lieutenant était exposé à fréquenter les familles de ces volontaires, à faire danser, voire à épouser leurs sœurs : aussi était-il enclin à se montrer homme du monde ; mais en même temps il prenait un ton rude, parce que c'est une habitude traditionnelle, parce qu'il devait s'imposer à plusieurs d'entre nous qui étaient ses aînés, et enfin parce qu'il entendait réagir contre la secrète mésestime des hommes d'étude pour les militaires.

Sa première phrase fut sèche :

— C'est moi qui suis chargé de faire votre instruction. Je pense que nous nous entendrons bien. Nous allons commencer par vous enseigner le salut.

Un énorme maréchal des logis, aux yeux infiniment bleus, l'assistait. Pour se donner de l'autorité, il bombait sa poitrine, ce qui ne l'empêchait point de paraître bossu, car ses omoplates saillaient dans son vaste dos. Ce géant osseux à la grosse moustache broussailleuse semblait puéril à cause de son inhabilité à manier ses formidables mains et ses pieds. Il avait mis cinq ans à gagner son grade ; quel ton devait-il prendre avec ces inférieurs riches et instruits, qui allaient devenir si rapidement officiers ? Il était irrité contre ces heureux volontaires, en même temps qu'intimidé par le petit lieutenant qui le surveillait en se pavanant : de là, un zèle maladroit et de la dureté.

Nous apprîmes à saluer, puis il y eut des exercices de marche et d'assouplissement, enfin une heure d'équitation. J'avais le sang à la tête, j'étais affaibli de n'avoir pas déjeuné, mais dans mon extrême malaise, mêlé de froid et, le dirai-je, d'une étrange peur confuse, je m'efforçais de me dominer, de ne pas me mettre en colère, d'être attentif à tous ces exercices de clowns que nous recommencions indéfiniment. C'était un orage dans mon cœur. Parfois, car je suis violent de caractère, j'admettais de rompre brusquement ce cauchemar. « Ai-je vraiment bien fait, me disais-je, de rester en Alsace? Supporterai-je cet esclavage? » J'aurais voulu réfléchir à ma misère; cet homme qui la créait m'en détournait. De minute en minute, j'entendais sa voix :

— Volontaire Ehrmann, vous n'êtes plus, ici, dans la vie civile; tâchez de faire attention.

Je calculais que cet être déplaisant jouissait de se sentir armé de pleins pouvoirs, et que ma révolte ne montrerait rien que l'impuissant soubresaut d'une âme trop débile. Ce long exercice, auquel mes muscles n'étaient pas assouplis et contre lequel je me cabrais, me mit au point que je pensai à me déclarer malade. Je demeurai pourtant au service d'écurie, où l'odeur des chevaux, les lampes fumeuses, la grossièreté des soldats, la rude voix du fourrier portèrent au paroxysme ma nausée.

Vers neuf heures du soir, harassé de fatigue et sans doute d'inanition, je quittai la caserne et regagnai ma chambre.

J'enlevai, j'arrachai mon uniforme pour m'habiller en civil.

Telle était mon horreur de mon nouvel état que je pensai à M. Le Sourd pour lui donner raison. Il me sembla que j'avais méconnu où était la vraie virilité. Je vis mon devoir dans la désertion. Je commençai à garnir de vêtements et de linge une valise. L'Orient-express traverse Strasbourg à minuit vingt; en une heure, sans risques réels, il me mènerait à la frontière. J'allais être à Lunéville, libre de toute contrainte, la poitrine dégagée, jouissant de la beauté du monde, rendu à ma dignité aussi bien qu'à ma véritable patrie. Cette perspective m'enivrait plus qu'une convalescence. J'étais le noyé qui repousse le fond où les herbes, quelques secondes, le retinrent.

Mon premier soin serait d'écrire à mon père... Mais cette lettre, puisque je disposais de trois heures avant le départ du train, j'allais la rédiger. Je la déposerais à la'boîte même de la gare.

Une véritable fièvre me dictait mes mots et mes phrases ; il ne me fut pas difficile d'exprimer avec force mon horreur de cette nauséabonde journée ; mais une réflexion me gêna, c'est que mon père et moi, nous n'avions jamais supposé que cette caserne pût m'être agréable, et cependant les raisons d'y entrer nous avaient paru les meilleures. Je vis bien qu'il ne suffisait pas de dire : « Je vais passer six mois abominables. » Je devais, en outre, lui démontrer que nous nous étions exagéré les inconvénients d'une désertion.

Mon père, dans la vie, n'admet pas le caprice. S'il me plaignait d'être soldat allemand, jamais il n'accepterait que j'eusse, d'un coup de tête, abandonné l'Alsace et ruiné son projet de m'établir médecin à Colmar.

J'ai vu des familles s'acheminer en groupes, à de certains jours, vers Belfort, Bâle ou Nancy. « Où allez-vous? » leur disait-on. « Nous allons voir le fils qui a passé la frontière. » Deux années, trois années, cinq années on reste fidèle à ce pèlerinage ; puis la vie efface les traits ; on devient des étrangers.

Nul moyen de nier ce fait : à minuit vingt, sitôt monté dans l'Express-orient, je sortais pour toujours de l'Alsace et de ma famille.

Mon père me soutiendrait-il en France? Je n'y comptais guère. Il aurait d'abord à payer une lourde amende...

Eh bien, je m'embarquerai... Repris par

de vieux rêves aventureux, je me voyais médecin sur un vaisseau. Mais là encore, un obstacle. La loi française m'oblige à refaire en France toutes mes études médicales, échelon par échelon, et même il faut que je passe les baccalauréats...

L'effort ne m'effraye pas, et, d'instinct, j'aimerais les risques, mais je suis de ces gens qui naissent constructeurs : j'éprouve une invincible répugnance à détruire quoi que ce soit. Je pensai que j'avais déjà posé de solides blocs pour l'édifice de ma vie et que, dans une minute, j'allais tout jeter bas. Sur un inconvénient personnel, j'allais ruiner une édification sociale, une famille.

Un vrai désespoir moral vint accroître la fureur physique dont cette journée m'avait empli...

C'est alors que mes yeux tombèrent sur une lettre que le facteur avait apportée dans la journée. Je l'ouvris sans curiosité ; elle était de Mme d'Aoury. Je me rappelle exactement ses paroles, parce que, bien des fois, au cours de ce semestre, je me les suis répétées : « Monsieur, m'écrivait-elle, je viens vous donner des nouvelles de votre adversaire. Il est guéri. Je sais que c'est le jour où vous entrez au régiment, je tiens à vous assurer de notre sympathie dans cette épreuve d'où vous sortirez certainement avec succès. »

Ce que j'éprouvai ne peut être compris que si l'on se représente dans toute sa force mon angoisse. Vous n'imaginez pas le bien que cela fait, quand on se sent un prisonnier abandonné aux Allemands, de recevoir un mot de sympathie française.

« Je tiens à vous assurer de notre sympathie dans cette épreuve d'où vous sortirez certainement avec succès. » Cette dernière phrase, si claire et si modérée, alla très profond dans mon âme pour y ébranler ma fierté.

Si je passe la frontière, pensai-je, et si je vois à Paris Mme d'Aoury, me félicitera-t-elle d'avoir modifié mon projet? C'est possible,

mais elle arrivera nécessairement à me dire :
« Vous voyez, monsieur, que mon frère,
sous une forme trop vive, était dans le vrai
quand il vous blâmait de rester en Alsace.
Aujourd'hui vous vous rangez à son opinion. »
Cette phrase, où je n'aurais rien à répondre,
me mortifierait. Je serais un petit garçon
devant cette Parisienne.

L'heure du train arriva et je n'avais pas
pris de décision.

Vers une heure, sans défaire ma valise et
demi-vêtu, je m'enfonçai dans une espèce de
sommeil brutal et désespéré.

CHAPITRE IX

TABLEAU DE MES JOURNÉES
A LA CASERNE

A quatre heures, je fus réveillé par des coups de poing dans ma porte.

— Monsieur le volontaire, il est temps !

Je sentis à la fois mon âme encore brûlante des images de la veille, et mon corps tout glacé.

— Entrez ! criai-je.

Le soldat qu'on m'avait donné pour ordonnance apparut. Il portait, sur sa face animale, une prodigieuse expression de respect.

Que cette brute fût un des instruments de ma sujétion, cela m'attendrit et courba mes épaules sous l'universelle nécessité. Je versai un verre de kirsch à cet humble vainqueur.

147

Nous partîmes pour la caserne dans la nuit.

En chemin, il me parla du service, et la multiplicité des petits détails me cachait mon vaste horizon d'ennuis.

A travers les couloirs obscurs, les mains devant moi, je le suivis jusqu'à la chambrée close toute la nuit, où vingt-cinq malpropres mettaient une odeur effroyable. De la porte à mon armoire ils avaient semé des écuelles, des bottes, et quand j'y trébuchai, leurs rires ignobles éclatèrent.

Parmi leurs grossières malices, j'avais l'impression d'être, pieds et poings liés, un otage de la France au plus épais de la populace ennemie.

Je changeai mon uniforme de ville contre la tenue de caserne, je chaussai de lourdes bottes et je pansai mon cheval jusqu'à sept heures du matin. C'est le moment du déjeuner ; je me précipitai à la cantine. Depuis vingt-quatre heures, je n'avais pas mangé.

Je n'ai pas l'intention de vous donner des
peintures pittoresques, non plus qu'une docu-
mentation technique sur l'armée allemande.
Ce que vous attendez, n'est-ce pas, c'est une
lumière sur les sentiments successifs d'un
Alsacien à la caserne allemande. Vous voulez
connaître ma dure expérience. Il suffit que
je vous dise en bref les soins monotones où
s'écoulaient mes journées.

Après le repas du déjeuner, nous eûmes
une heure d'équitation. A huit heures et
demie, je passai le pantalon aux petites bottes
courtes, et à neuf heures commença l'exercice, terminé à onze heures et demie. A midi,
appel ; nous reprenons notre tenue de ville.

C'est l'usage que les volontaires d'une
même batterie mangent ensemble. Les trois
Allemands et moi, nous allâmes dîner à cent
mètres de la caserne, dans un hôtel de troisième ordre, *A la Ville de Bâle*. Des occupa-
tions courtes et pressées, faites pour rompre
l'esprit et nous divertir continuellement sur
des vétilles, m'avaient écarté depuis le réveil

de mon idée de désertion. Au restaurant, je
dus regarder, entendre et suivre mes trois
compagnons. Que leurs voix m'arrivaient
lointaines !

Dès une heure et demie, chacun de nous
était remonté dans sa chambre pour revêtir
des effets d'intérieur. A deux heures moins
le quart, les volontaires de toutes les batteries
attendaient dans la cour ; à deux heures
moins cinq, le sous-officier nous rangeait ; à
deux heures précises, le lieutenant instruc-
teur survint. L'exercice, qui dure jusqu'à
quatre heures, se décompose en une heure
d'assouplissement et une heure d'exercices
au canon. A quatre heures ou quatre heures
et demie, une heure d'instruction. Vers six
heures, le pansage du cheval jusqu'à huit
ou neuf heures.

Toute cette deuxième journée, je fus
comme une machine, au point que je n'entendais pas les commandements. Alors, la rude
voix du sous-officier criait : « Hé, là-bas ! le
volontaire !... »

Le soir, je rentrai chez moi pour remâcher mes plans de désertion, et pour m'endormir, cette fois encore, désespérément...

J'ignore si je subirai jamais autant de
misère que dans ces premiers jours de caserne, mais, quoi que la vie me réserve, je
suis sûr de ne plus glisser à une pareille
démoralisation.

Ma répugnance de principe à servir l'Allemagne se doublait d'une sorte d'incapacité
physique à causer avec mes « camarades ».
J'éprouvais un état général de crispation et
d'inquiétude haineuse, en même temps que
je cédais à l'implacable nécessité d'obéir.

CHAPITRE X

JE ME FAIS UNE RAISON

Aujourd'hui, quand je me reporte à ces sombres journées, j'admets que je fus follement susceptible et imaginatif. Peut-être voyais-je plus que de raison une volonté de mater l'Alsacien. Aussi bien il n'était pas très simple de démêler l'état d'esprit de mes chefs.

Le troisième jour de mon entrée au régiment, dans l'énorme cour de la caserne, les vingt volontaires, sous les ordres du maréchal des logis, apprenaient le salut. Un à un, nous défilions devant l'officier. Par trois fois, il m'arrêta :

— Qu'est-ce que c'est que votre singulière façon de projeter votre bras quand vous le baissez... Mais laissez donc cette façon de cirque...

L'Allemand salue, le revers de sa main en avant, tandis que le Français présente sa main ouverte. Il y a une seconde différence, plus délicate, qui tient au tempérament des deux races : l'Allemand baisse le bras tout droit, son coude est une charnière ; voyez, au contraire, avec quelle vivacité nerveuse le troupier français rejette sa main de son képi. Mon geste à la française, au milieu de la roideur de ces jeunes Allemands, faisait un disparate.

Au reste, notre souplesse alsacienne, si frappante à côté de leur ankylose, se manifeste de mille manières, dans notre démarche plus élastique, plus cadencée, dans notre casquette qui glisse un peu sur l'oreille, à la manière d'un képi, dans toutes nos réactions plus aisées, plus rapides. Les officiers allemands ne s'y trompent pas. S'ils voient passer dans la rue l'un des nôtres, ils disent : « C'est sûrement un volontaire alsacien ! » Encadrés par la France, nous atteignons aisément à l'élégance du troupier français.

Dans les rangs allemands, nous contrarions cet aspect mécanique et brutal, que la tradition prusienne garde pour l'idéal, et notre désinvolture y choque comme une indépendance audacieuse, presque insolente.

Notre petit lieutenant ne me quittait plus des yeux.

Au bout d'une demi-heure, il cria :

— Volontaire Ehrmann !

J'avançai en courant.

— Reculez à trois pas.

Je recule et, les deux mains sur la couture du pantalon, j'attends.

— Où êtes-vous né?

— Je suis né au Logelbach, près de Colmar, dans le Haut-Rhin, monsieur le lieutenant.

— Que font vos parents?·

— Mon père est dans l'industrie, monsieur le lieutenant.

Il eut un « ah ! » qui voulait dire : je comprends maintenant. On sait, en effet, que la population industrielle du Haut-Rhin est la plus patriote de toute l'Alsace-Lorraine.

— Où avez-vous étudié?

— A Strasbourg, monsieur le lieutenant.

— Avez-vous des parents dans l'armée?

— Oui, plusieurs, monsieur le lieutenant.
Il parut satisfait.

— Où sont-ils?

— J'ai un oncle capitaine à Saint-Dié et
un cousin lieutenant à Épinal, monsieur le
lieutenant. Un autre de mes cousins est lieutenant de cavalerie à Lunéville.

Il me regarda attentivement. Je demeurai
froid.

— C'est bien, dit-il.

Comme je regagnai mon rang, il s'écria :

— Halte ! Remettez-vous en position. Ré-
pétez-moi ce demi-tour.

Je dus le recommencer six à sept fois,
car il me laissait partir, puis me rappelait.
Visiblement, il prenait son plaisir à me
taquiner.

Dès lors, il ne laissa plus passer la moindre
incorrection sans me faire répéter le mouvement à l'infini.

Voulait-il mater l'Alsacien? Ou bien, se voyant plus jeune que moi et me soupçonnant d'avoir été ironique, prétendait-il marquer les avantages de son grade? Je crois qu'il obéissait à ce double sentiment.

Sous couleur de m'apprendre à faire le rapport d'une commission donnée par un supérieur, il avait imaginé de m'envoyer au pas de course — quatre, cinq fois durant l'exercice — demander au fourrier, à l'écurie, quelle heure il était. J'y étais accueilli par des quolibets. Et toujours courant, je devais revenir, m'arrêter à trois pas, les mains sur la couture du pantalon, et dire :

— Je rapporte avec obéissance à monsieur le lieutenant que le fourrier a indiqué comme heure : trois heures et dix minutes.

Il fallait attendre qu'il eût fait un geste : « C'est bien. »

Un quart d'heure après, il recommençait, et encore un quart d'heure après...

L'Alsacien allait-il devenir le pitre du régiment?

Pas plus qu'à vous donner les règlements
de la caserne, je ne songe à vous émouvoir
avec les misères d'un jeune bourgeois au service de l'Allemagne. Passons sur ces humilités.
Je me propose de vous faire voir comment,
d'une simple irritation de ma sensibilité, j'ai
pu tirer une discipline.

Au bout de la semaine, j'avais fait le tour
de mes ennuis. Je n'attendais plus d'inconnu.
Ma vie demeurait affreuse ; elle avait du
moins perdu ses ténèbres. Je préfère un
brutal corps à corps aux mouvements vagues
d'un ennemi, le soir dans le taillis. Je voyais
nettement mon but, je devais empêcher
qu'une caserne allemande se rît d'un Alsacien-Français.

C'est sur cette considération que je résolus
de rester. Je sentis que si je partais, toute
ma vie, dans le secret de mon cœur, je me
mépriserais, et que cette décision demeurerait
un point de mon passé où j'éviterais, toujours, de porter mon regard. La lettre de
Mme d'Aoury fut la première solidité où j'ap-

puyai ma résolution. Que penserait de moi
cette dame qui avait bien voulu se ranger à
mon opinion contre son frère, si elle me
voyait me dédire? L'attitude du lieutenant et
la risée des soldats confirmèrent ma disposition. Je me vis engagé dans un duel avec la
caserne allemande. Au début, je pouvais,
comme tant d'autres, le décliner, mais, une
fois le contact pris, passer en France, c'était
une dérobade.

Je resterai, me dis-je. Ce sera plus dur
que je n'imaginais ; très dur, même. Eh bien !
je me donnerai beaucoup de mal. Toutes mes
révoltes que je contiendrai me tonifieront, et
la haine me fera plus de virilité... Puisque
ce lieutenant a sur ma personne tous les
droits, parmi lesquels le droit de m'humilier,
il n'y a qu'un moyen, c'est que je sois un
excellent soldat et que je conquière son estime
de militaire. Je suis seul de mon pays parmi
tous ces Allemands : il sera tenté de me dire :
« Prenez exemple sur vos camarades. » Mon
ambition doit être de renverser les rôles et

qu'il reconnaisse les qualités militaires de l'Alsace.

Tout cela est chétif, monsieur, je le sais. je préférerais, comme fit mon grand-père, le soldat de la Grande-Armée, entrer dans Berlin victorieusement, mais tout ce que l'on peut exiger d'un homme, c'est qu'il se batte pour le mieux sur le terrain où le pose sa destinée.

Pendant huit jours, je me suis vu, senti, accepté comme un agneau de douleur. Puis j'ai reconnu que ce rôle de résigné était le moins convenable et que je devais être d'abord un militaire exact.

Cette ligne de conduite, d'après mon récit, vous pourriez croire que je l'ai inventée, un coude sur la table, en réfléchissant, dans ma chambre ; c'est plutôt un sentier où je me suis aperçu que je cheminais pour éviter les embarras au jour le jour. Les circonstances m'ont dirigé. Du dedans et du dehors, j'avais mes empêchements : ce qui m'a soutenu, c'est une constante exaltation de l'âme.

CHAPITRE XI

LE DUEL EST ENGAGÉ

Un soldat allemand a toujours l'air d'un chien battu. Les volontaires eux-mêmes se faisaient humbles ; chaque détail de leur attitude disait aux officiers : « Tu es notre supérieur. » Leur déférence devançait les ordres. Le lieutenant trouva-t-il dans mon regard droit une sorte d'indépendance? Plus simplement, s'ennuyait-il durant ces longues heures d'exercices?... Après s'être promené dix minutes comme un coq avantageux, chaque jour, il m'appelait :

— Volontaire Ehrmann.

J'arrivais en courant.

— Vous m'avez dit que vous aviez des parents dans l'armée française. Êtes-vous en relations avec eux?

— En relations très suivies, monsieur le lieutenant.

— Vous allez souvent en France, n'est-ce pas?

— Assez fréquemment, monsieur le lieutenant.

— Vous avez été en Allemagne, aussi.

— Une ou deux fois, monsieur le lieutenant.

— Alors, vous aimez aller en France?

— Oui, monsieur le lieutenant.

Ce n'était pas un mangeur d'Alsacien, mais un brave petit guerrier du pays rhénan, fort ébahi, car il n'avait jamais imaginé une telle espèce de soldat allemand.

Le lendemain, il me dit :

— Ce sera une chose très grave pour vous, le jour qu'il y aura la guerre avec la France. Que ferez-vous, quand il s'agira de se battre contre l'armée française où vous avez des parents?

Le règlement nous oblige, si un supérieur nous parle, à l'immobilité la plus absolue.

Aucun mouvement ne serait toléré, mais il y a les yeux. Les miens disaient : « T'imagines-tu que je vais rester ici, quand il s'agira d'une guerre avec la France? » Cependant je cherchais ma voix la plus ferme et la plus simple pour répondre :

— Je suis médecin, monsieur le lieutenant.

— C'est vrai, fit-il en tournant sur ses talons.

Il commença de critiquer en moi plus ouvertement l'Alsacien. Comme nous trottions le long de la piste, je dis à mon cheval : « Hue, cocotte ! » Du milieu du manège, il me cria :

— Volontaire Ehrmann, c'est un cheval allemand ; il ne comprend pas le français.

Le lendemain, durant l'exercice, il me dit :

— Il paraît que vous vous faites envoyer à la caserne des lettres dont l'adresse est écrite en français. Priez vos correspondants d'employer l'allemand.

— Mais, monsieur le lieutenant, mes correspondants ne savent pas l'allemand.

— Qu'ils l'apprennent ou qu'ils fassent écrire leurs enveloppes par le diable !

Tous les matins, minutieusement, des pieds à la tête, par devant et par derrière, il inspectait nos uniformes, nos armes, nos munitions. Mon tour venu, il s'attardait en maugréant, et chacun voyait sa mauvaise volonté ; mais je m'appliquais à être un bon soldat, et mon regard lui disait : « Cherche, cherche, mon lieutenant ! »

C'était d'ailleurs un bel officier, avec une conscience professionnelle, et quelle que fût sa prévention, il s'abstenait de me punir sans cause.

Soupçonnait-il confusément ma résolution d'allier la plus stricte discipline à l'indépendance de l'âme? Il s'avança le plus loin qu'il put :

— Volontaire Ehrmann, me dit-il, il paraît que vous fréquentez une taverne alsacienne, où l'on dit qu'avec vos compatriotes, vous **faites du chauvinisme français**. Le respect de l'uniforme vous commande de vous en abstenir.

Et dans le même esprit, deux jours après, il me faisait sortir des rangs pour me dire :

— Il paraît que, chez votre coiffeur, vous vous exclamez à haute voix en français. Que vous parliez français quand vous êtes dans votre famille, je n'ai rien à voir à cela. Mais quand vous êtes dans un lieu public et, par exemple, chez un coiffeur, le respect de l'uniforme exige que vous parliez allemand.

Le règlement autorise-t-il les officiers à se mêler de notre privé? En tout cas, leur puissance est tempérée par leur crainte des ennuis. Sur tous ces faits du dehors, le lieutenant grondait, menaçait, sans aller jusqu'à me punir. Et quoi qu'il supposât de mon insoumission d'âme, il voyait avec évidence ma bonne volonté dans les mille détails où doit être attentif un volontaire. J'étais un bon soldat. Au manège, je servais de cavalier de tête. Je valais surtout pour la parade-marche, qui est une grande affaire dans l'armée allemande.

Les avez-vous vus défiler? Le soldat lève le

pied en tenant la pointe en bas, tandis que
sa jambe et sa cuisse forment un angle droit.
Tout cela, pied, jambe et cuisse, il le lève
haut, très haut, le plus haut, puis, soudain,
par un deuxième mouvement, il projette violemment sa jambe et son pied, et, au même
instant, de tout son corps se porte en avant.
Le pied, bien à plat, retombe à terre et la
jambe se tend violemment, de manière à
bomber en arrière une belle courbe. En principe, les gymnastes allemands valent mieux
que nous dans les exercices de force muscu-
laire, par exemple, à la barre fixe, mais, plus
agiles et plus déliés, nous les primons dans
les exercices d'assouplissement. Leur lour-
deur de corps et leur taille courte les embar-
rassent. Mes « camarades » avaient plus de
biceps et moi plus de jarret. J'ai immédiatement compris la parade-marche comme
une comédie, car à vouloir trop bien faire,
les Germains toujours exagèrent. Le grand
secret, c'est d'avoir le genou rompu et de
mettre toutes ses forces dans le jarret ; un

merveilleux raffinement, c'est de sortir sa poitrine et de rentrer son ventre, ce qui pousse le menton en l'air et les reins en arrière. Plus je chargeais, plus je leur plaisais. Tout de même, monsieur, s'il y avait eu là un second Alsacien, nous aurions, quelquefois, bien ri.

CHAPITRE XII

MES RELATIONS AVEC LES SOLDATS
LES VOLONTAIRES
ET LES SOUS-OFFICIERS

Octobre passa, les recrues arrivèrent. Notre
service fut très allégé ; nous étions dispensés de soigner nos chevaux et nous quit-
tions la caserne à six heures. Il n'y eut plus
le peloton des volontaires ; on nous restitua
à nos diverses batteries. Le hasard me laissa
sous les ordres du lieutenant et du sous-officier auxquels, depuis un mois, j'avais affaire.

Nous aidions les officiers à instruire les
nouveaux venus. On m'attribua cinq de ces
« bleus », pour que je leur enseignasse le salut
et l'assouplissement. L'un d'eux se pendit.

Huit jours après, dans une autre batterie,
il y eut un second suicide. Je n'imagine pas

que ces malheureux souffraient plus que moi du mal du pays, mais ils n'avaient pas su se faire un moral. C'étaient des êtres mous, des esclaves. Peut-être aussi des pauvres, incapables de payer leur bienvenue.

De temps à autre, un volontaire doit offrir aux sous-officiers une petite beuverie. Je signais de nombreux papiers pour la cantine : « Bon pour tant de bouteilles et de saucisses. » Plusieurs fois la cantine me présenta des faux ; ma signature avait été imitée par un sous-officier. J'avais d'autres soucis que de protester contre cette vilenie. Mais les volontaires à qui la même chose advint refusèrent de payer. Je dus me régler sur leur conduite. Le faussaire irrité jura que nous ne savions pas faire le pas de course en cadence, et, durant une longue heure, le sabre dans la main gauche (vrai supplice par un temps glacial), nous dûmes courir en file dans la cour de la caserne.

J'eus la gorge enflammée, au point que j'entrai à l'hôpital militaire.

Je passai six jours dans une grande salle de soixante lits. J'avais pour voisin un de ces paysans de la Poméranie qui sont naturellement trapus, larges d'épaules, avec de grosses figures naïves. Mais celui-ci, c'était pitié de voir, quand le docteur l'examinait, sa maigreur, son dos voûté, sa poitrine défoncée. Depuis quatre mois, une pleurésie le tenait au lit. Il avait subi plusieurs interventions chirurgicales. Bien que le pauvre diable chancelât et se plaignît de souffrir à chaque respiration, le médecin-major le prétendait guéri. Chaque matin, je l'entendais :

— Il ne tient qu'à vous de rentrer dans vos foyers, à condition toutefois que vous ne prétendiez pas à une pension, car je ne sais pas s'il serait possible de vous la faire accorder.

Le Poméranien, n'en étant qu'à sa première année de service, pouvait être tenté par une proposition qui le libérait d'une année (1), et pourtant, une fois le médecin-

(1) Voir la note VI, page 273.

major parti, il pleurait comme un enfant et
me disait :

— Je ne puis pas rentrer dans mon pays,
si faible et sans pension, car nous sommes
très pauvres. Chez nous, celui qui ne travaille pas n'a pas droit à la nourriture, et je
suis bien sûr que malgré l'affection de ma
mère on m'écartera, si je reviens comme une
bouche inutile. Mais je n'ai pas le courage
d'exiger ma pension du médecin-major qui a
un regard si terrible !

C'est vrai que le major était un grand
gaillard à moustache noire, congestionné jusqu'à la couleur brique, avec ces yeux si vite
blancs de colère qui sont particuliers aux
militaires sanguins. Ces sortes de gens hur-
lent même pour dire des choses aimables.
Je n'aime pas les croquemitaines. J'obtins du
sous-officier chef de salle, à qui mes pour-
boires plaisaient, qu'il me communiquât le
journal de la maladie de mon voisin. J'y lus
en toutes lettres que sa pleurésie venait d'un
refroidissement pris au service. Nul doute, en

conséquence, qu'il n'eût droit à une pension. Avec un sourire discret, le sous-officier m'indiqua que le médecin-major était un bon serviteur du budget, appliqué de toute sa ruse et de toute sa grosse voix à diminuer le nombre des pensions d'invalidité.

Je me retournai vers mon Poméranien :

— Voyons, lui disais-je, je vous affirme que vous êtes dans votre droit. Vous n'allez pas vous laisser mener comme une bête.

Pendant vingt-quatre heures je le remontai.

Il se trouva le lendemain matin que les malades, comme il arrive dans la saison des grippes, assiégèrent l'hôpital au point qu'on ne savait où les caser. Le médecin-major, en arrivant, dit à haute voix :

— Eh bien ! nous allons renvoyer quelques-uns de ces gaillards.

Il s'arrêta plus longtemps encore que la veille auprès de mon voisin, et, l'ayant examiné bien à fond, il dit avec autorité :

— Vous êtes guéri, il n'y a plus trace d'inflammation ; vos douleurs proviennent simplement de la plèvre fixée par la maladie contre vos côtes. Cela s'arrangera sitôt que vous serez chez votre maman, qui vous soignera encore mieux que nous. Je vous offre décidément de partir, si vous ne réclamez pas une pension.

Le pauvre géant répondit :

— Je n'ose pas rentrer chez moi si je n'ai pas de pension.

— C'est-à-dire que vous l'exigez?

Je l'encourageais du regard.

— Oui, monsieur le médecin-major, souffla-t-il.

— Eh bien! dans ce cas, je vous retiens ici quinze jours, un mois... Ça m'est tout à fait égal. Je vous retiendrai trois mois, s'il le faut. J'en ai assez de vous servir à tous des pensions, tas de feignants! Comment! vous faites à peine trois mois de service, vous tombez malade, vous êtes soigné quatre mois aux frais de l'État, je vous offre de vous dispenser du temps qui vous reste à faire, et vous n'acceptez pas, espèce de brute! D'abord, je ne

sais pas si vous y avez droit, à cette pension ;
vous ne la méritez pas et vous m'embêtez?

Son irritation croissait :

— Ça commence à me dégoûter, ces
faiblards qu'on nous envoie maintenant !
A peine au service, ils tombent malades et
réclament encore que l'État les entretienne !

Il avait empoigné le soldat par l'épaule ;
il le secouait et lui criait :

— Je vous fiche mon billet que vous ne
l'aurez pas, cette pension !

Le pauvre diable se mit à pleurer.

Alors le major regarda ce faible avec mépris :

— Qui est-ce qui vous a mis en tête de
réclamer cette pension?

L'imbécile, dans son angoisse, me chercha
du regard. Le médecin-major comprit qu'il
devinait juste et qu'il y avait un conseiller.

Il poussa un cri d'allégresse et de fureur
en tapant sur le lit :

— Vous m'entendez? Je veux connaître
celui qui vous pousse.

Le soldat tourna la tête de mon côté.

J'étais debout au pied de mon lit, dans l'attitude fixe qui est réglementaire, durant la visite, pour les malades non alités.

Toute la colère du major se porta sur moi. Il se croisa les bras et dit :

— Comment ! le volontaire, vous venez ici exciter ces gaillards à la révolte ? Mais de quoi vous mêlez-vous ?

Ce fut un flot de vociférations, un scandale au milieu de ces tristes lits de fiévreux et de délirants. Il eut quelque peine à se retenir de me prendre à la gorge.

Mais le soir, l'intendant apporta une feuille où était indiquée la pension que toucherait le soldat, une centaine de marks par an. Après un pareil esclandre, on n'avait pas osé persister à lui refuser son dû. Il prit congé de moi avec des larmes.

A ma sortie de l'hôpital, quand je racontai cette histoire aux trois volontaires de ma batterie, ma conduite leur parut incompréhensible.

— Qu'est-ce que vous aviez à vous occuper de cette brute-là? (Ils voulaient dire le soldat.) Ça n'est pas votre affaire.

Ils ajoutèrent que je ferais mieux de les accompagner à la « brasserie des officiers ».

Chaque soir, tandis que je m'asseyais seul à la table où nous avions tous dîné le matin, ils allaient manger des saucisses au raifort et boire de la bière, sous l'œil de nos chefs :

— C'est la coutume, disaient-ils. Nos officiers nous en voudraient si nous ne paraissions pas à leur brasserie, et sûrement que votre absence est mal interprétée. Vous vous faites du tort.

L'argument ne me touchait point. Je m'obligeais à être un soldat appliqué, et je me défendais de paraître un courtisan. Je leur répondis qu'entre six et sept heures du soir, je ne buvais pas de bière. Mais ils me pressèrent si fort qu'à la fin je ne pouvais plus, sans impolitesse, éluder leur invitation. Je les suivis. Quelle soirée, monsieur !

Ils me firent asseoir auprès de la porte

d'entrée. Au fond d'une enfilade, dans une troisième salle, nous apercevions la grande table où, chaque soir, se retrouvaient les officiers. Mes camarades étaient convaincus qu'un local fréquenté par des lieutenants et des capitaines devenait un lieu d'anoblissement ; à contempler les chefs, fût-ce de loin, leur petitesse pensait participer de cette grandeur. Ces satisfactions toutefois leur donnaient des regards inquiets et une conversation hachée. Tout en vidant leurs verres de bière et en mangeant du porc fumé, sur la table mouillée, avec une serviette en papier sur les genoux, ils gardaient une correction militaire, dont ils se seraient, je pense, reposés dans toute autre brasserie. A chaque fois qu'un officier entrait, de quelque régiment qu'il fût, il s'agissait de nous lever, de repousser nos chaises bruyamment avec nos jarrets, de porter nos mains aux coutures du pantalon, de fixer le survenant et dè l'accompagner du regard cinq mètres avant son arrivée à notre hauteur et cinq mètres après son passage. L'officier quelconque saluait avec deux doigts, s'inclinait légèrement et, tout de suite, faisait un geste : « Asseyez-vous donc ! » Cela avec froideur. Mais notre capitaine s'inclina un peu davantage et bien qu'il ne se déridât point, son geste : « Asseyez-vous » fut plus marqué. Quant à notre lieutenant, il dit :

— Ah ! bonsoir !

Et il marqua un petit étonnement aimable de voir le volontaire alsacien.

Servilité avec les supérieurs et arrogance avec les inférieurs, voilà, pour nous autres Alsaciens, deux qualités constantes des Allemands. Notez que mes camarades appartenaient à de bonnes familles. Mais je dois vous les présenter avec plus de détails, car ils sont vraiment trois types classiques de la plus récente Allemagne.

Le premier était un Prussien de vingt-trois ans, d'une famille originaire de Neu-Ruppin, là-bas, dans la Marche brandbourgeoise.

Il faut savoir d'une façon générale d'où

sortent ces terribles Prussiens, raides et arrogants, qui triomphent et donnent aujourd'hui
à l'Allemagne sa forme. Sur de grandes
plaines grisâtres, où de maigres pâturages
alternent avec des étangs endormis et de
sévères forêts de pins, vivent des paysans à
peine affranchis. Ils possèdent l'esprit d'association, car ils ont conscience d'être un trou-
peau, et puis, dès leur bas âge, on les dresse
à la discipline. Chez eux, l'instinct de repro-
duction ne crée pas, comme chez nos Français, des vices ou des vertus compliqués. Sans
fièvre ni enthousiasmes, mais aussi sans inter-
mittences ni chutes, leur volonté demeure
constamment tendue vers le but qui est le
pain quotidien. On voit à ces serfs l'hypocrisie des paysans, une jalousie mesquine,
une étroitesse de cœur, qui se trahissent chez
les simples par des lettres anonymes, par des
dénonciations à la police, par de l'espionnage,
mais peu de mensonges grossiers et cons-
cients : ils recourent à des biais. Le commer-
çant prussien tient un engagement écrit, seu-

lement il use des sous-entendus, profite sans scrupule d'un oubli dans le contrat. Tous les Prussiens sont sous l'action de la bière ; elle étourdit, endort et berce, elle calme la colère ou la passion, elle rend bonasse et fait oublier. Aussi le tempérament autrefois querelleur s'est assagi. Mais cette bière assoupit, sans la changer, une âme brutale, où manquent la politesse innée et la culture héréditaire.

Notre « camarade » prussien, bien que fils de fonctionnaire et membre d'une corporation à Bonn, où il étudiait le droit, portait dans sa chair toute cette barbarie germano-slave. Il se destinait au fonctionnarisme, mais son aspect, ses mœurs, étaient d'un puissant guerrier brandbourgeois. Quel mangeur ! Quel buveur ! Quel fumeur ! Rien n'embarrasse de tels estomacs. Très grand, très large, très raide, le geste saccadé, la voix basse et grave, la moustache blonde en croc comme celle de l'empereur, il portait ses cheveux coupés ras et brossés violemment en arrière ; son nez s'avançait droit ; ses yeux d'un bleu

d'acier avaient des reflets fauves et froids :
son maxillaire supérieur était proéminent,
ses joues plutôt creuses. Toutefois, dans le
menton, il avait une fossette ; sur cette
figure brutale, cette fossette adoucissante semblait un non-sens.

Le second de mes « camarades » venait de
Munich. Il étudiait l'histoire. Les Bavarois
diffèrent du tout au tout de l'espèce prussienne, si récente et exclusivement guerrière.
Petit et déjà bedonnant, avec un nez épaté
dans une figure bien grasse, il semblait un
poupard apoplectique. Sur son crâne très
gras moutonnait un léger duvet blond châtain,
avec une petite houppe dans le milieu. Quand
il portait l'uniforme, ses bons yeux cher-
chaient une expression de dureté. Au fond,
le service l'ennuyait, mais il ne le savait pas
trop.

Le troisième était un Saxon. Il portait une
raie au milieu de ses cheveux cosmétiqués et
collés sur le crâne. C'était un sanguin, la
figure rouge, les yeux un peu injectés, ner-

veux et sec, avec une courte moustache noire très fournie. Il étudiait l'économie politique pour faire le contentieux chez son père, industriel de la Basse-Saxe.

Je ne crois pas que j'abuse, en retenant votre attention sur ces trois figures de la nouvelle Allemagne. Dans le Prussien, vous devez reconnaître le vrai centre et la solidité de l'empire. Il est le résultat d'une antique formation militaire qui se lie aux origines mêmes de l'État brandbourgeois-prussien. L'âme de ce jeune homme fut disciplinée, il y a cent cinquante ans, par le grand Frédéric, et, hier encore, renforcée par les triomphes de Guillaume le Grand. — Le Bavarois demeure un peu particulariste, mais prend mal conscience de ses différences. — Quant au Saxon, il est impérialiste, parce que son père est bien vu du gouvernement et que l'essor industriel lui profite.

Ni les uns ni les autres n'étaient de mauvais garçons, mais il n'y avait aucun moyen que je m'entendisse avec eux.

Le juriste prussien, ce soir même, à la brasserie, nous raconta qu'on avait eu la preuve d'un infanticide dans son quartier. La police recherchait la coupable. Sur divers indices, il avait tout de suite soupçonné la bonne de la maison :

— Quand elle est entrée chez moi, hier au soir, je l'ai forcée de m'avouer sa faute. C'est une fille que personne n'aurait soupçonnée. Elle s'est mise à mes genoux. Vous le pensez bien, je n'ai pas tenu compte de ses supplications, et ce matin, à la première heure, j'ai averti la police.

— Mais, lui dis-je, c'est abominable !

Il me pria de mesurer mes paroles. Le Saxon et le Bavarois s'interposèrent.

— Je vous jure, lui dis-je, que j'essaye de vous comprendre. Est-il possible, qu'à dénoncer cette pauvre fille, vous n'ayez pas senti une grande honte? Rien ne vous obligeait d'intervenir.

— Rien ne m'obligeait ! Cette fille a commis un crime et vous voulez que je me taise?

Non, monsieur, il faut que justice se fasse.
C'était mon devoir de la dénoncer, et j'ai
accompli mon devoir.

— N'avait-elle pas assez souffert, dans son
angoisse de se trahir? Elle n'eût pas recom-
mencé, vous pouvez le croire. La peine sera
terrible, si les juges n'admettent pas de circonstances atténuantes !

— Les circonstances atténuantes? Ah ! que
voilà bien une invention française, et que
ce terme m'est odieux ! Comme s'il pouvait y
avoir des circonstances atténuantes ! Mais
c'est absolument contraire au sens de notre
droit. Un crime est un crime, et la loi veille
pour le punir.

Le Saxon et le Bavarois ne le contredirent
pas. J'étais révolté. Il y a chez les Allemands
un manque de nuances, qui offense et dégoûte
une âme de formation française. Et si les
circonstances, comme c'est le cas en Alsace, donnent la supériorité de fait à de tels
hommes, c'est une intolérable humiliation.
Je ne pouvais pas m'en expliquer à fond

devant mes « camarades ». Les irritations
d'un vaincu les eussent étonnés ou peut-être
réjouis, sans les dominer.

Je les quittai avec le plus vif mécontente-
ment de moi-même, qui avais inutilement
laissé percer ma réprobation. Je me blâmais
qu'ayant mis à jour nos générosités et nos
délicatesses françaises, je n'eusse pas su faire
éclater, devant eux, notre supériorité. Je me
reprochais d'avoir découvert la France vai-
nement.

Je dormis très mal. Un à un, je reprenais
les incidents de la soirée. Je méprisais, à
me crever le cœur, ces Allemands, mais je
jugeai nécessaire de purifier et de gonfler en
moi-même la source française, pour ne la
laisser jaillir qu'aux heures favorables. Je me
promis de ne pas mettre « mes camarades »
en opposition avec nos manières de sentir et
de juger, qu'autant qu'elles leur permettraient de soulever le lourd poids prussien et
de respirer plus largement. — J'imaginais que
le Bavarois et le Saxon pourraient garder,

d'une minute de large respiration, une tendance à la fuite hors de la Germanie.

Le lendemain, au réveil, en arrivant à
l'écurie, je trouvai, sur la paille, un vaste et
sale grouillement fait de deux énormes Allemandes et de trois sous-officiers ivres. L'un
d'eux était celui-là qui avait imité ma signature, et de qui la rancune m'avait valu mon
séjour à l'hôpital. Si j'avais appliqué les
principes du juriste prussien, je n'aurais rien
fait que n'attendissent ces brutes. Cependant, je les réveillai pour les avertir que je
venais de croiser l'officier de ronde dans la
cour.

Mon procédé me gagna leur confiance, au
point qu'étant devenus malades des suites de
leur débauche, et comme ils ne voulaient pas,
entrer à l'hôpital, qui leur aurait valu une
mauvaise note, c'est à ma science qu'ils re-
coururent. Je les soignai, malgré le règlement.

Ils demeurèrent stupides de la magnani-

mité de l'« Alsacien », et je puis dire que
leurs grossières âmes, dans la mesure où
elles possédaient la faculté de généraliser,
furent conquises par la « gentillesse » française.

Dans ce temps-là, au cours de l'exercice,
un sous-officier arracha l'oreille d'un simple
soldat. Elle pendait, retenue par un lam-
beau. Le malheureux hurlait et saignait.

Son bourreau, épouvanté, lui dit :

— Monte vite te faire soigner !

Le lieutenant survint et, mis au courant,
m'ordonna de suivre le blessé. Au bout de
vingt minutes, le médecin-major accourut :

— Colossal ! colossal ! soufflait-il.

Il se mit à noter la plainte du pauvre
diable. Puis, se tournant vers moi et vers
deux éclopés présents, il nous dit avec l'expression la plus sévère :

— Que l'un de vous ait le malheur de
raconter quoi que ce soit, dans la caserne ou
bien en ville, il est sûr de son affaire... Vous

surtout, volontaire Ehrmann, je vous rends
responsable si rien s'ébruite dans la presse.

Les brutalités sont traditionnelles dans
l'armée allemande, ce qui s'explique par la
servilité des basses classes : où manque le
ressort de l'honneur, on essaye nécessairement le ressort du bâton. L'empereur les
réprouve. Nos chefs craignaient donc deux
fois le scandale : à cause du public et à cause
de l'empereur. Il m'était facile d'avertir les
journaux sans me compromettre. Devais-je
saisir cette occasion de jeter du discrédit sur
mon régiment?... Au milieu des difficultés
que le service allemand propose à un Alsacien, je pense que la règle, c'est d'abord de
nous attacher à tout ce qui entretient et
augmente notre propre sentiment de notre
dignité. Je résolus de ne point faire en fraude
un rapport où je ne voyais qu'une petite utilité et, par suite, quelque vilenie. Si l'on était
en guerre, je tirerais avec allégresse depuis les
rangs français sur la batterie allemande où
j'ai servi, parce que je courrais à ciel ouvert

un risque, mais, dans l'état des choses, je n'accepterais pas de communiquer à l'état-major français ce que j'ai pu voir et savoir grâce à ma qualité de volontaire alsacien.

En vérité, ce n'est pas par goût que j'examine des problèmes aussi subtils. Nous autres, Alsaciens, nous ne sommes pas faits pour couper les cheveux en quatre. Ni la maison de mon père, ni mes études médicales ne m'ont préparé à la casuistique. Si le sort m'avait permis de mener l'existence facile d'un étudiant de Nancy ou du Quartier Latin, je n'aurais pas, soyez-en sûr, de dialectique intérieure. Mais c'est une conséquence de la déchéance politique et militaire, que des gens simples négligent leur honneur, ou bien, pour le sauver, doivent raisonner et distinguer. — Cette obligation, voilà le véritable tourment d'un vaincu.

Un Parisien formé par des scènes de théâtre se figurera que ma pire souffrance était, au cours des longues sorties, quand

ma batterie entonnait le chant : *La garde sur
le Rhin (die Wacht am Rhein).*

Un appel résonne comme l'écho du tonnerre,
Comme un cliquetis d'armes et comme le bruit des
(vagues :
Vers le Rhin, vers le Rhin, vers le Rhin allemand !
    Qui veut être le gardien du fleuve?
      Chère patrie, n'aie crainte,
      La garde est fidèle et sûre,
      La garde le long du Rhin.

Qu'importe que mon cœur se brise dans la mort,
    Tu ne deviendras pas Français,
Car l'Allemagne est riche e,,,sang de héros,
    Comme ton cours l'est en eau.

      Chère patrie, n'aie crainte, etc.

Ou bien si l'on chantait : *O toi, Allemagne :*

O toi, Allemagne, il faut que je me mette en marche !
O Allemagne, tu m'emplis de courage !
    Je veux brandir mon épée,
    Mes balles vont siffler.
    Je les destine au sang français !

J'allais, muet, au rythme de leurs chan-
sons. Nulle bouffée de sang ne montait à
mon visage et mon cœur demeurait calme.
Mes pas étaient emboîtés dans leurs pas et

mes bras dans leur balancement, mais mon âme se fermait à leur cadence ennemie. « Ils peuvent, disais-je, m'enchaîner, me traîner et faire de mon corps un chiffre dans les hordes qu'ils animent contre ma patrie : leur captif ne s'inventera pas d'inutiles scrupules. » Ma raison, jamais, ne perdit sa magistrature. Toujours elle me répéta : c'est ici le malheur et la faute de la France, ce n'est point ton péché. Et parfois elle introduisait dans l'hymne germanique le serment séculaire de l'Alsace à la France :

> Chère patrie, n'aie crainte,
> La garde est fidèle et sûre,
> La garde le long du Rhin.

CHAPITRE XIII

LA FÊTE DE L'EMPEREUR

Dans les premiers jours de janvier, un matin, à peine l'exercice était-il commencé que le lieutenant cria :

— Volontaire Ehrmann !

Toute la nuit j'avais prévu cet appel... J'accourus, je m'arrêtai à trois pas, et, les deux mains sur la couture du pantalon, j'attendis.

— Je vous ai rencontré hier en civil. Méfiez-vous, si je vous rencontre une deuxième fois, je vous dénonce. Cela vous rapportera trois jours de prison.

Il aurait pu ajouter que je perdrais mon privilège de médecin et devrais servir une année entière comme simple soldat.

Avant de s'éloigner, plein d'un orgueilleux mépris, il ajouta :

13

— Vous n'êtes donc pas fier de porter cet uniforme?

Ah! non, je n'en étais pas fier !... Au sortir de la caserne, — et depuis novembre nous sortions presque toujours à six heures, — je ne vivais pas que je n'eusse repris mes vêtements civils. L'uniforme m'aurait privé de toutes mes relations. Il n'y a point une digne famille alsacienne qui descende à recevoir un individu habillé en soldat allemand. C'est d'une haute moralité. On désire que les jeunes gens demeurent au pays et, par suite, qu'ils se soumettent à la loi militaire, mais on les prie de cacher cette nécessité honteuse. Moi-même, je me préoccupais que personne ne me vît en tenue; je voulais que, mon temps passé, nul honnête homme ne gardât du docteur Ehrmann une image prussienne. Qu'il s'agît d'une réception entre étudiants, d'une soirée à la brasserie alsacienne, voire d'une emplette chez un fournisseur, mes pieds eussent refusé de me porter avant que je me fusse dévêtu. Je m'habillais en civil, même pour rester tout seul dans ma chambre.

Sur ce point, quelles que fussent les menaces de l'officier, je ne pouvais pas céder. Je vis tout de suite que je touchais à la principale difficulté de mon volontariat...

Mais avant de vous raconter le détail de cette crise, je dois vous décrire, pour que vous connaissiez mieux le monde grossier où je vivais, la journée caractéristique du 27 janvier, qui est la fête de l'empereur.

La religion fait une partie principale de la discipline de l'empire ; mais il faut s'entendre : à l'école, la figure du Christ demeure au second plan derrière la figure impériale ; les petites gens satisfont leurs besoins religieux avec les croyances socialistes ; les universitaires et les officiers s'en tiennent à une indifférence, que leur souci des convenances masque. Seule la morale protestante continue de vivre, parce qu'elle est adaptée étroitement à la race ; elle prône l'application au

travail, le sentiment de la responsabilité devant Dieu et devant les hommes, l'horreur des
péchés grossiers : elle laisse sommeiller l'esprit de générosité, de sacrifice et d'héroïsme.

Tous les dimanches, musique en tête, les
soldats protestants sont menés au temple et
les catholiques à l'église. Le jour de la fête
de l'empereur, nous avons été convoqués
pour dix heures à la caserne, et, vers dix
heures moins le quart, quelques soldats
commençaient seulement d'apparaître dans
la cour, quand le lieutenant accourut tout
essoufflé :

— Le service est avancé d'une demi-
heure. Faites descendre rapidement les
hommes.

Quand nous fûmes sur deux rangs, d'un
coup d'œil il nous mesura et, coupant de sa
main l'ensemble à peu près par le milieu, il
commanda :

— Aile droite : protestants ; aile gauche :
catholiques. Par file à droite, marche !

Il cria au sous-officier :

— Conduisez les catholiques !

Lui-même, il se mit sur le flanc des « protestants », et le tout partit avec des rires étouffés.

L'événement de la fête, c'est une représentation théâtrale et un bal organisés par le régiment.

Nous nous réunîmes à huit heures du soir dans le quartier de Neudorf, à l'Alcazar, énorme salle, construite en bois pour contenir deux mille personnes. On commença par une pièce en vers, où les volontaires jouaient les principaux rôles. La fanfare du régiment servait d'orchestre. Le colonel, les capitaines, les lieutenants et leurs femmes occupaient une vingtaine de chaises au premier rang. Mais une surprenante incongruité vint tout gâter.

Notre « camarade » le Saxon tenait le rôle de jeune premier. Comme il s'agenouillait devant une bergère pour lui déclarer son amour, son maillot, qu'il avait loué chez un fripier, brusquement creva sur sa cuisse gauche, face au public. La femme du colonel, qui occupait le premier des fauteuils d'honneur, se leva, en rougissant d'indignation, et, après une incertitude, se dirigea vers la porte. Sa voisine, la femme du commandant, hésita, puis comprit et suivit, avec le colonel et le commandant. La femme du capitaine ne jugea pas pouvoir demeurer. Le lieutenant organisateur, qui se tenait à la droite de la scène, rougit terriblement et se jeta dans leur sillage. Les acteurs s'interrompirent. Ce fut une confusion générale. Un instant après le lieutenant revint.

— Vous m'avez joué un vilain tour, dit-il au Saxon. Le commandant m'a interpellé à cause de votre maillot. Quelle sotte histoire!

Il me semble que des Françaises auraient jugé plus convenable de ne rien voir.

Le beau monde ayant disparu, la représentation ne fut pas reprise. Les soldats enlevèrent les chaises. Le bal commença.

Les lieutenants premiers valsaient avec les femmes des maréchaux des logis chefs, et les volontaires avec les femmes des autres sous-officiers. Au bout d'une heure, chaque lieutenant s'installe sur un banc devant une table. Autour de lui s'asseyent les sous-officiers et leurs femmes, les soldats et leurs « fiancées ». Le lieutenant reste digne, boit, fume et, par instants, se lève pour un nouveau tour de danse.

Quant aux volontaires, leur mission officielle est de payer du vin d'une certaine qualité aux sous-officiers et à leurs femmes, de la bière et des cigares aux soldats et à leurs « fiancées ». Je plus beaucoup en offrant un petit repas : des saucisses avec du raifort.

Je ne me fais pas plus délicat que la moyenne des hommes, mais quelle plate trivialité ! A Paris, vous avez, j'en suis sûr, des bals publics charmants de vivacité. Et sans aller à Paris, nos petites Strasbourgeoises sont fines, nerveuses, et, près des

Allemandes, des aristocrates. S'il arrive parfois que l'une d'elles se laisse séduire par un professeur, par un officier, elle le civilise, l'incline vers la France, mais de tels accords sont très rares, et ce bal ne réunissait que des Allemandes. Les braves épouses des sous-officiers y coudoyaient, sans en souffrir, des filles de la plus basse catégorie.

La femme de notre maréchal des logis était une grosse blonde, les yeux très blancs et les cheveux violemment tirés vers le chignon. Sur sa robe de soie noire, elle portait un corsage de velours violet, avec un devant de soie jaune canari. C'était son costume de mariage, noir d'abord et deux fois élargi de violet, puis de jaune. Encore allait-il craquer. Pour ses gants de peau rouge, à un seul bouton, elle avait dû choisir la plus forte pointure masculine. Ses jambes, vêtues de bas blancs, semblaient terminées contre terre par deux sacs noirs. Mais, tout de même, qu'elle s'arrêtât de danser, de s'empourprer

et d'éclater, c'était une Walkyrie. Ce type lui
vient-il d'un nez charnu qui tombe assez
droit, de narines pas du tout retroussées et
d'une lèvre supérieure qui ne s'arrondit
point? L'ensemble est militaire. On lui voudrait, plutôt que l'éventail, la cuirasse, la
lance et le bouclier.

Ce n'est point à dire que dans ce bal
toutes fussent laides. Mais, dans l'atmosphère
germaine, un Alsacien éprouve des sensations indéterminées qui viennent gâter son
plaisir.

Le fourrier avait une jolie jeune femme et
quand je la faisais danser, elle me pressait
contre son cœur. Après la valse, elle s'assit
à ma droite. Son mari, à ma gauche, me
couvrait de compliments, pour que je lui
versasse à boire. Cependant, avec ses yeux
tendres, elle me disait, en me saisissant le
genou :

— Attention, il est très jaloux. Demandez
encore des bouteilles. S'il est *une fois* gris,
il sera inoffensif.

Mais pouvais-je offenser un homme de qui je dépendais pour le service d'écurie?

Tous les officiers étaient partis. Les soldats, de gros cigares à la bouche, vociféraient et vomissaient. Cette personne blonde poussa son intérêt pour mes cheveux bruns d'Alsaciens, jusqu'à esquisser une syncope, J'en profitai pour gagner le porte et le grand air.

CHAPITRE XIV

JE ME FAIS ACCEPTER DU RÉGIMENT

L'obscurité et le froid de l'hiver m'avaient permis de circuler en civil, presque chaque soir, sans nouvel incident. Mais au début de mars, comme j'accompagnais au théâtre des dames de ma famille, je me rencontrai nez à nez avec mon lieutenant.

Pendant un quart de seconde, j'hésitai à le saluer : un homme en bourgeois relève-t-il de la hiérarchie militaire? Mais à feindre de l'ignorer complètement, je l'aurais trop exaspéré. Je lui tirai mon coup de chapeau le plus poli.

Ma nuit fut détestable. Je supputais les conséquences de cette rencontre : une année, douze mois de service ! Vous pensez si je me reprochais mon audace !

La journée commença par les exercices du manège. Le lieutenant me regardait d'une façon sévère, il me reprochait la moindre faute ; ses expressions étaient dures tout en restant polies. Je sentais qu'il nourrissait sa colère et qu'elle allait éclater. Moi-même, de minute en minute, je m'énervais, tout en m'efforçant de le satisfaire. Sur ces entrefaites arriva le commandant.

— Eh bien ! monsieur le lieutenant, vos hommes ont-ils déjà commencé la voltige?

— Oui, monsieur le commandant, un peu.

Ce n'était pas exact. Nous n'avions fait aucune voltige.

— Je vais voir ça, dit le commandant.

Alors le lieutenant appela un soldat qui ratissait la sciure du manège et lui dit de mener un cheval au petit trot en le tenant par la bride.

Chacun des quatre volontaires devait successivement sauter la bête par derrière.

Le juriste prussien et l'industriel saxon se

haussèrent jusqu'à la croupe sans atteindre à l'enfourcher. Quant au gros petit Bavarois, il fut pleinement ridicule. Le commandant avait pris un air plutôt rogue, et le lieutenant s'inquiétait. C'était mon tour. Alors, sentant la nécessité de montrer ma bonne volonté, et d'ailleurs aidé par mon énervement, je pris un élan qui me mena jusque sur l'encolure, si rudement que l'animal céda et que je culbutai sur la tête dans la poussière. Le commandant mit son cheval au petit trot, en même temps que le lieutenant accourut, et le soldat lâcha tout pour m'aider. Mais j'étais déjà sur mes pieds.

Et le commandant dit :

— Sacrédié ! ceci a été un saut !

Le lieutenant rougit de satisfaction. Le commandant n'ajouta plus un mot, il me regarda une nouvelle fois avec sympathie et prit congé du lieutenant par un sourire gracieux :

— Merci beaucoup, monsieur le lieutenant.

Il tourna son cheval et partit.

Le lieutenant, bientôt, se trouva auprès de moi, comme par hasard, et d'une façon raide très militaire, il prononça :

— En civil, il sait sortir, mais sauter, il sait aussi.

Cela voulait dire : je te pardonne.

Et de plus belle je sortis en civil.

Les autres volontaires me rencontrèrent souvent. Ils étaient jaloux et ils disaient avec une ironie dangereuse, assez voisine de la perfidie :

— Ah ! oui, Ehrmann, celui qui sort toujours en civil.

En tant que loyaux Germains, ils finissaient par sentir là une espèce d'affront.

— Vraiment, cet Ehrmann, disaient-ils, l'uniforme semble par trop lui déplaire.

J'éludais de répondre. Je m'appliquais à détourner toute familiarité, en même temps qu'à leur donner par chacun de mes procédés la plus vive idée de la courtoisie française.

Au cours d'une vie où nous avions, aux

mêmes heures, les mêmes corvées et, par
force, les mêmes gestes, dans une machine
qui nous mettait tous sous les mêmes rou-
leaux, et bien que nous fussions du même
rang social, pas une minute je ne cessai de
connaître qu'ils étaient des étrangers. Et chez
eux je sentais la même obsession. A des rap-
pels qu'ils se faisaient devant moi, à des :
« Je te l'avais dit... nous l'avions deviné »,
je me voyais l'objet inépuisable de leurs entretiens. Parfois leurs sentiments émergeaient
en ma présence :

— C'est égal, Ehrmann, il est difficile
d'imaginer un homme aussi peu militaire
que vous.

J'exécutais les divers exercices d'une manière très satisfaisante, mais ils ne pouvaient
accepter mon allure sans raideur, mettons
le mot qui éclaire tout, ma souplesse de
troupier français. Leur groupe m'observait
quand je venais les rejoindre, et, comme
on dénoncerait un scandale, ils s'excla-
maient :

— Non, Ehrmann, cette manière de tra-
verser la cour !...

Ils souriaient, mais en même temps, ils
étaient agacés, et moi j'étais fier, car ce qu'ils
voyaient de différent dans ma manière d'être,
ils disaient à chaque fois que c'était français.
Ainsi j'étais invité à me surveiller de très
près pour être digne d'une si magnifique dé-
légation que les circonstances me donnaient.
Au jour le jour et dans le train-train de la
vie, il me semble que les Français se distin-
guent des Allemands par l'urbanité, le goût
des nuances, la générosité, enfin l'altruisme.
Un Français est un individu pour qui les autres individus existent.

Naturellement, il ne m'est rien arrivé d'héroïque ou simplement de mémorable ; nous
sommes sur le médiocre terrain d'une caserne
en temps de paix ; mais, à titre d'indication,
je puis vous rapporter quelques menus incidents qui produisirent un grand effet sur mes
« camarades » allemands. Par exemple, un
matin, quelques secondes avant la revue, je

vis que l'un d'eux s'étant appuyé contre un mur avait le dos poudré de plâtre. Le temps manquait pour qu'il courût à sa chambrée, prît sa brosse et se dévêtît. Il allait être puni. En quelques coups du plat de ma main et puis en frottant sur le drap avec mon mouchoir, je fis envoler cette poussière blanche. Mon obligeance les stupéfia, et comme il n'était pas question, je puis le dire, que je manquasse de fierté, ils doutèrent de leur rogue sans-gêne.

Aussi bien, sans que je recherche si c'est un manque d'âme ou un défaut de culture, il y a, chez les Allemands de la meilleure bourgeoisie, une rudesse de mœurs, une manière pesante qui semblerait d'une muflerie scandaleuse aux Français les moins dégrossis.

Dans ce temps-là, le roi de Saxe anoblit le père du Saxon. C'est une des pensées de l'empereur de faire entrer les industriels et les banquiers dans l'aristocratie, d'attacher à l'état des choses les gens qui ont de l'ar-

14

gent. Dernièrement, un marchand de cuir
verni a été nommé baron. Notre camarade
reçut de son père un panier de vin du Rhin.
Il voulut que les volontaires de sa batterie
vinssent le boire chez lui. Ce qui vous semblera moins naturel qu'à des estomacs allemands, il mit cette dégustation à onze heures,
c'est-à-dire immédiatement avant le déjeuner. Je n'avais pu décliner sa politesse, mais
comme je me souciais peu de l'inviter à mon
tour, j'apportai un gros pâté de viande. Ils
n'en revenaient pas et ils disaient :

— Voilà comme nous imaginons le Français aimable.

Les pauvres faits que je rapporte se pla-
çaient d'une façon plus naturelle dans la
suite de nos rapports qu'aujourd'hui dans
mon récit. Ils ne contenaient rien où personne
pût voir des avances, rien qui diminuât un
Alsacien. J'étais un camarade loyal, j'aimais
à rendre des services et, pour tout dire, à
prendre barre sur les autres, en leur deve-
nant utile ; certes je n'étais point le com-

pagnon avec qui l'on se déboutonne pour des beuveries et des bavardages. Je rendais impossible toute familiarité, mais puisqu'il fallait qu'il y eût entre des Allemands et un Alsacien des rapports, ne convenait-il point que je les forçasse à m'estimer et que, par une série de faits, je les convainquisse de la qualité supérieure de nos mœurs?

Dès le quatrième mois, je puis dire que la France avait partie gagnée au régiment. Ma situation fut consacrée lors de l'inspection de ma batterie par le général.

Nous lui fûmes présentés au manège. Tandis que le colonel, le commandant et le capitaine faisaient le cercle pour écouter le général, notre lieutenant, un peu rouge, très raide et d'une voix plutôt étranglée, commanda avec succès deux, trois mouvements. Mais voilà qu'il eut un lapsus, et comme nous trottions sur la piste, ayant le mur à droite, il ordonna une « volte à droite » inexécutable. On entendit une rumeur des soldats. J'étais cavalier de tête. En principe, les Allemands s'attachent à la lettre, sans plus ; l'un d'eux, à ma place, se fût dit : « C'est l'affaire du lieutenant, je ne cherche rien d'autre. » Quel désastre, alors ! Mais je tournai à gauche et toute la file me suivit. Le lieutenant fit encore exécuter quelques mouvements, puis le général, qui ne s'était point arrêté de causer, le félicita.

Nous sortîmes du manège pour nous ranger sur le côté, tandis qu'une autre batterie entrait. Le lieutenant, qui était à pied, vint donner une tape amicale à mon cheval.

Les volontaires n'en revenaient pas de mon initiative.

— Eh bien ! Ehrmann, disaient-ils, vous en avez un toupet !

Le lendemain matin, à son arrivée dans la cour de la caserne, le lieutenant m'a appelé :

— Tant que vous serez un bon soldat et que vous vous efforcerez de faire aussi bien votre service, ma foi, vous sortirez en

civil comme vous voudrez. C'est secondaire.
Seulement, méfiez-vous de mes camarades
qui pourraient être moins indulgents.

Cela d'une voix à demi joviale, à demi
raide, et tout de même très militaire.

CHAPITRE XV

LA DERNIÈRE JOURNÉE

Enfin, le 31 mars, dernier jour de mon service, arriva.

Dans la matinée, j'acquittai diverses taxes à l'administration, puis je me mis à la recherche de mes officiers. Je pris régulièrement congé du colonel, du commandant et du capitaine. Vers onze heures, dans la cour de la caserne, je croisai mon lieutenant. M'étant arrêté à trois pas :

— Monsieur le lieutenant, lui dis-je, le volontaire Ehrmann vous annonce la fin de son service.

Il salua gentiment, me fit signe de quitter ma position réglementaire, et, pour la première fois, me tendit la main.

— C'est vrai, voilà votre service terminé. Pas si terrible, n'est-ce pas? Vous vous en êtes accommodé mieux que vous ne pensiez... Maintenant, vous allez continuer vos études... Quand comptez-vous faire vos six mois comme médecin volontaire?

— Dans trois ans, monsieur le lieutenant, après mon examen d'État.

— Eh bien! nous nous retrouverons quelque jour au cercle militaire, quand vous serez devenu officier.

Il avait dit cela d'un ton de camarade, sans y attacher d'importance. Mon silence le surprit. Et, d'une voix plus sèche :

— Sans doute, après votre semestre, vous ferez six semaines de service pour acquérir le grade de sous-aide major?... Vous ne répondez pas?

Je répliquai avec autant de tranquillité que je pus :

— Je compte renoncer aux services supplémentaires et, par suite, aux grades qu'ils me permettraient d'acquérir : toute perte de temps a son importance dans la carrière d'un médecin.

Il s'était un peu reculé. A son attitude abandonnée avait succédé la raideur et la morgue des officiers allemands. Il me regardait fixement. Je rectifiai mon attitude.

— Vous avez tort, volontaire Ehrmann. Chez *nous* (il souligna le mot), il faut toujours tâcher d'obtenir un grade élevé dans l'armée ; le grade apporte la considération et le prestige.

Sans doute, l'expression de ma figure le mécontenta, car il rougit un peu et continua presque durement :

— Mais dites donc une fois toute la vérité : Messieurs les Alsaciens ne tiennent pas à devenir officiers allemands.

La question, si directe, me semblait difficile à éluder, mais, pour rien au monde, sur un tel sujet, je n'aurais renié mon sentiment. Et puis je pensais : demain, je serai parti ; demain, cet homme n'aura plus de pouvoir sur ma personne.

— Monsieur le lieutenant, lui dis-je, puisque vous me sollicitez de vous répondre en toute sincérité, je dois vous obéir ; je dois reconnaître qu'en effet, notre tradition et notre attachement à la France nous rendent trop pénible le service dans l'armée allemande pour que nous ne cherchions pas à l'écourter le plus possible.

La franchise paisible de ma réponse parut plaire un instant à sa droiture militaire mais son orgueil l'emporta.

— Vous l'avouez donc : vous ne voulez pas être officier allemand ! Ainsi on vous fait l'honneur de vous l'offrir, et vous avez l'audace de le refuser. Par attachement pour la France ! Vous osez me dire cela en face? Mais elle se fiche de vous, la France ! Et il faut être fou, triplement fou, comme vous l'êtes tous dans ce damné pays, pour ne pas comprendre que c'est votre bonheur que nous vous ayons repris. Vous nous devez l'ordre, la santé physique et morale.

Ah ! nos rapports peu à peu menés jus-

qu'à une sorte de collaboration, comme ils
nous apparaissent maintenant artificiels!
Brusquement, nous revenions à notre solide
vérité, nous nous retrouvions deux ennemis
héréditaires! Fixé dans l'attitude réglementaire, du moins j'avais mes yeux libres, et
mes yeux dans ses yeux lui parlaient, je
pense... Exaspéré par mon regard, il accu-
mula, en vociférant, tous les lieux communs
allemands sur la désagrégation de la France
qui bafoue son armée, sa religion et toute
autorité, et que l'Allemange achèvera d'en-
fouir pour qu'elle cesse d'infecter le monde...
Mais soudain, ma figure pâle et le tremble-
ment — c'est la fureur qu'il faut dire — de
tout mon corps, l'avertirent qu'il devenait
un agent provocateur. Alors, s'interrompant
net, il partit.

Des personnes croiront que j'aurais dû le
frapper. Ce n'est point mon avis. Il ne
convenait pas que je cédasse à une excitation
du hasard. Pas un instant, son discours ne
m'a mortifié, mais bien plutôt je me sentais

exalté, héroïsé par un grand afflux de force.

Au terme de mon volontariat, comme au
début quand je m'interdis à moi-même de
déserter, j'ai su mettre ma spontanéité
au-dessous de ma raison ; j'ai maintenu devant mon regard les motifs qui me déci-
dent à rester en Alsace, et je me suis gardé
pour ma tâche. Je n'étais pas à la disposition
de cet orgueilleux Prussien pour modifier
ma ligne de conduite sur ses incartades. En
me réprimant moi-même, je lui ai fait voir
un vaincu qui s'assure dans la conscience de
sa supériorité et qui demeure non conquis.
Cet Allemand voulait m'humilier, il m'a
enorgueilli.

Je m'éloignai avec une prodigieuse connaissance de ma plénitude et de ma domination
sur moi-même. Depuis trente-trois ans, pas
une goutte de sang de mes pères n'avait été
germanisée. Sous cet assaut bestial, je me
connus, plus sûrement que dans aucune
minute de ma vie, fils de l'Alsace et de la
France.

Mes talons résonnaient à réveiller tout un régiment, quand je montai les deux étages pour gagner l'appartement que le gigantesque maréchal des logis chef occupait avec sa femme. Je les trouvai en pleurs ; il me dit que leur unique enfant, une petite fille de trois ans, venait de mourir. Le pauvre géant ne pensait plus à prendre l'attitude militaire. Je lui serrai la main, et, en gagnant l'hôtel de la « Ville de Bâle », je fis un détour pour commander une couronne.

Mes camarades avaient commencé leur déjeuner. Je dis la cause de mon retard. Ils n'en revenaient pas.

— Une couronne? Mais pourquoi faire? Vous quittez le service aujourd'hui.

Le lendemain, à mon réveil, comme je m'enivrais de ma délivrance, le maréchal des logis a fait irruption dans ma chambre. Il m'a pris les deux mains et il sanglotait. Je crois qu'il aurait voulu m'embrasser.

— Vous êtes vraiment un grand cœur,

monsieur Ehrmann. Au moment où je ne peux plus vous servir de rien ! Monsieur, on doit le dire, les *Français* ont plus d'humanité que les autres.

Il m'a traité de Français ! C'est le dernier mot que j'ai entendu de cette caserne et l'un de ceux qui, de ma vie, m'aura le plus donné de plaisir.

CONCLUSION

Tel fut le récit de l'Alsacien Ehrmann.

Son accent était rude et parfois, dans ce « procès-verbal », bien que je voulusse garder à chaque phrase sa force et sa loyauté, j'ai dû redresser des tournures. Peut-être que M. Ehrmann eût fait sourire un Parisien frivole par la satisfaction qu'il montrait nûment de ses mœurs et de ses allures françaises. On distingue chez lui quelques couleurs provinciales, qu'à Paris, avec plus ou moins de justesse, on déclarerait germaniques. Ce sont là des poussières : des poussières de la frontière sur l'uniforme d'un soldat. Elles me font mieux aimer ce jeune homme qui porte dans sa solide tête rhénane le bel héritage français.

En plus d'une réelle beauté morale, je

trouve, dans ce récit d'un volontaire, la réponse à mon problème de Sainte-Odile. Non point une solution d'idéologue, mais la vivante réponse des actes.

A Sainte-Odile, je voyais la raison d'être et le devoir éternel de l'Alsace, mais je cherchais de quelle manière nos Alsaciens d'aujourd'hui adapteraient aux circonstances présentes leur séculaire volonté de ne pas subir. Comment agira, dans ce début du vingtième siècle, l'antique vertu alsacienne qui soumit toujours la brutalité germanique à la spiritualité latine? Comment cette « marche » demeurera-t-elle un instrument civilisateur français?

Je me le demandais en vain.

On ne peut plus compter sur une croyance religieuse pour lier à la France les Alsaciens comme du temps d'Odile le catholicisme les liait à la latinité. Leur tempérament militaire ne suffira pas davantage à les tenir sous le charme français, puisque, aujourd'hui, l'Allemagne impériale professe le culte des vertus guerrières. Leurs intérêts économiques? Mais, par suite de notre système protectionniste, les produits de l'Alsace ne peuvent plus s'écouler qu'au delà du Rhin.

Sur quoi donc étayer la France en Alsace-Lorraine?

C'est un problème que M. Ehrmann résout en agissant.

Après une terrible déception, il arrive, naturellement, qu'on s'abandonne à de vaines lamentations ou bien à d'impuissantes menaces. Pourtant, c'est d'un homme faible. Que sert d'ouvrir toujours une vieille plaie? Pourquoi se diminuer ou s'irriter dans le sentiment perpétuel d'une infériorité? Par le bénéfice de l'âge, M. Ehrmann n'a pas vu, de ses yeux vu, les démoralisantes catastrophes de 1870. Mieux que ceux qui furent les témoins du malheur et qui mesurent les changements, il peut continuer de vivre. Il ne place pas la qualité française de l'Alsace dans le fait qu'un préfet français administre l'Alsace, ni dans le fait qu'un régiment fran-

çais occupe la caserne de la place d'Austerlitz,
ni dans le fait que les manufactures de Mulhouse écoulent leurs produits sur Paris. Ce
sont là des faits politiques, militaires, économiques, que l'accident de 1870 a pu modifier,
mais cet effroyable accident n'empêche pas
M. Ehrmann de sentir en lui-même une
délicatesse fière qui est l'honneur à la française, une politesse de mœurs qui est la
moralité proprement française, et tout cela
si fort mêlé au sang que, s'il se penche sur
son cœur, il entend tout au fond : « Mieux
vaut ne pas vivre que de vivre une vie où
soient contrariées les tendances de mon
âme. »

On posait à faux la question, quand on
demandait s'il convient qu'un Alsacien-Lorrain quitte ou non sa petite patrie. Une partie
demeurait, une autre s'exilait ; mais il était
à redouter que, faute d'une juste vue du problème, ces deux résolutions demeurassent
également infécondes. M. Ehrmann nous engage à nous tenir à notre véritable nature. Il

nous prêche d'exemple qu'il faut retourner à notre vérité d'Alsaciens, formés héréditairement sous les mêmes influences et du même mouvement que la France. Nous devons continuer à faire notre emploi, et, si quelque voie nous est bouchée, ingénieusement et tenacement, comme ferait un dialecticien, nos actes reviendront à l'assaut par un autre argument.

Préférer la France et servir l'Allemagne, cela semblait malsain, dissolvant, une vraie ruine intérieure, un profond avilissement. Les plus sages pensaient que cette contradiction engendrerait le machinisme, l'hypocrisie et tous les défauts de l'esclavage ; mais M. Ehrmann se place d'une telle manière qu'une nouvelle vertu alsacienne apparaît sous notre regard. D'une équivoque est sortie une fière discipline, sans charme peut-être, ni gloire évidente, mais grave et qui réserve la force du passé avec l'espoir de l'avenir.

Du milieu de ces incertitudes, M. Ehrmann surgit comme un type. Il s'empare de la situa-

tion pour produire une nouvelle et magnifique activité conforme à l'antique activité
alsacienne.

Sur cette terre alsacienne évacuée par nos
soldats, trente-deux ans après le dernier coup
de fusil, d'innombrables irréguliers peuvent
encore couvrir la patrie française. Le médecin dans sa clientèle, l'avocat au Palais,
l'industriel, le propriétaire rural doivent agir
comme M. Ehrmann a fait au régiment.

C'est une conduite qui ne peut être réglée
par des principes exacts ; c'est un art auquel
on propose un but.

Chacun, dans la sphère d'intérêt où il agit,
se défendra de subir ; chacun se proposera de
se maintenir et de rayonner ; chacun tendra à
manifester ce que la France garde de supériorité dans son échec militaire. Heureux si
le vaincu parvient à mettre en suspicion, dans
la conscience de ses vainqueurs, leur propre
civilisation.

La besogne, modestement accomplie par
M. Ehrmann à la vieille caserne d'artillerie

de la place d'Austerlitz, c'est celle des légion-
naires de Rome sur le Rhin et d'Odile à la
Hohenburg. Il est une garde avancée, on
disait autrefois une garde folle, de la latinité,
un défenseur de nos bastions de l'Est. Au
service de l'Allemagne, comme il eût été, jadis, au service de la France, il est le traditionnel héros alsacien.

Un héros! non point ce qu'on nomme
ainsi dans une médiocre littérature, mais un
homme plein de sa terre et de sa race, qui,
par sa libre volonté, au prix de joyeux sacri-
fices, se range dans sa prédestination.

Quelle honnête souplesse chez M. Ehrmann!
D'une race où la tête est si chaude, il atteint
par nécessité à une sûre possession de soi-
même. Il tient à distance ses compagnons de
caserne et agit envers eux, tantôt avec bonté,
tantôt avec sécheresse, pour des raisons rai-
sonnées. Est-il au monde une tragédie plus
noble et plus éducatrice que ces mouvements
d'un instinct qui s'arrête et raisonne les
obstacles?

La vue claire et le respect du fait, voilà ce qui, en s'alliant à la magnanimité intérieure, constitue le véritable héros.

Et pourtant, lorsque M. Ehrmann eut fini, je n'essayai pas de lui exprimer ma respectueuse admiration. Qui étais-je pour dire à cet Alsacien français : « Vos morts se réjouissent que vous acceptiez de souffrir pour les continuer. » C'est à l'Alsace et à la France de dire cela. Mais l'Alsace est muette et la France empêchée.

Eh bien ! M. Ehrmann peut se passer d'encouragement : il est né pour ressentir des passions vigoureuses, et, dans une époque où tant d'hommes ne se connaissent pas de but, celui-là, du moins, sait à quoi faire servir sa virilité, sa jeunesse, ses forces d'amour et de haine.

J'avais remarqué qu'il rassemblait sur Mme d'Aoury la fleur des qualités françaises, la douce fierté, le tact, la mesure, le sourire, et qu'il se faisait une joie d'(p. poser un peu naïvement cette jeune femme aux Allemandes. Aussi, pour le remercier, je lui dis simplement que je rapporterais à Mme d'Aoury l'emploi de son temps au service.

— Oui, dit-il, pourvu qu'elle consente à vous écouter de toute sa raison française,

NOTES

Note I (page 7). — Que l'on me passe un peu d'histoire. C'est au commencement du cinquième siècle que Rome, obligée de se protéger elle-même, rappela en Italie les dernières légions qui protégeaient le Rhin. L'Alsace devint tout entière la proie des barbares qui la possédaient déjà en partie, et la Lorraine fut entamée. Sur ces régions, les éléments celtiques et latins furent assujettis aux éléments germaniques ; la langue allemande succéda au latin comme langue dominante.

M. Pfister a relevé la limite de la langue française et de la langue allemande en Alsace-Lorraine : elle permet de déterminer jusqu'où s'établirent en masse les Germains des grandes invasions. Du sixième siècle, jusqu'à 1871, c'est-à-dire en quatorze siècles, rien n'avait bougé dans ces régions. Parfois même, notre influence politique et morale monta vers l'est, plus haut que Rome n'avait jamais atteint.

Mais, depuis trente-trois ans, nous fléchissons.

Là-dessus, je demande à traiter un point de fait : Je vois avec inquiétude, dans la Lorraine restée française, des chapelles où, depuis peu, l'on prêche en dialecte alsacien.

Les raisons de cette innovation sont fort touchantes et respectables.

Je me permettrai pourtant de les contredire. Il ne faut point que, par une fausse sentimentalité, nous collaborions aux progrès de la langue allemande sur un territoire où jamais le fond gallo-romain ne fut entamé; il ne faut point que les professeurs d'outre-Rhin, qui disent que leur nationalité va jusqu'où vont leurs dialectes, puissent s'annexer notre Lorraine sur leurs cartes linguistiques.

Que les Bretons parlent breton en Bretagne, les Provençaux, provençal en Provence; les Alsaciens, alsacien en Alsace; fort bien, à condition que ces provinciaux soient bilingues. Mais sur notre nouvelle frontière de l'Est, il faut considérer un intérêt national : je ne puis rester indifférent au fait qu'il y a un siècle, nous avons porté notre langue sur la rive droite du Rhin, et que j'entends, au début du vingtième siècle, des prêches publics en allemand dans Lunéville et dans Nancy. Le patriote qu'est l'évêque de Nancy acceptera, j'espère, la justesse des observations que je lui soumets.

Note II (page 24). — On pourrait multiplier les preuves de cet esprit constructeur de la loi allemande, en opposition avec l'esprit niveleur et égalitaire, tranchons le mot, destructeur de notre législation. — Tandis que la France défend que l'on reste dans l'indivision plus de cinq ans, l'Allemagne permet de reculer le partage d'une succession à trente années. — L'Allemagne donne au père plus de latitude que chez nous pour avantager l'un de ses enfants, ou même un étranger. — En France, une donation faite de son vivant par le père à l'un de ses futurs héritiers ne demeure à celui-ci que jusqu'à concurrence de la quotité disponible au moment de la succession. En Allemagne, cette générosité ne sera pas décomptée, pourvu qu'elle ait précédé de dix ans au moins le décès du père.

Note III (page 74). — Les Alsaciens-Lorrains subissent des institutions mal appropriées à leur degré de civilisation. Excellente peut-être au delà du Rhin, telle volonté du nouveau Code sera corruptrice, en deçà. Par exemple, une vente d'immeubles, aujourd'hui, en Alsace-Lorraine, doit être passée en justice ou devant notaire, pour être valable. Au contraire, selon la loi française, elle vaut dès que les parties sont d'accord sur la chose et sur le prix, et cet accord peut être prouvé par des témoins, par des lettres privées et par le serment. La légalité française se fonde sur l'honnêteté des parties. Mais devant le tribunal allemand aucun témoignage ne peut être invoqué, pas même le serment. C'est la mort de la parole d'honneur. Et des hommes de loi m'ont dit qu'ils étaient effrayés de l'affaissement d'honnêteté produit en peu de temps par cette légalité nouvelle.

Note IV (page 76). — Les descriptions du mont Sainte-Odile, ce centre de la contrée, ce nombril de l'Alsace, comme auraient dit les Grecs, sont fort nombreuses. Citons une belle variation littéraire de Taine dans ses *Essais de critique et d'histoire* et, pour sa rigueur historique, l'ouvrage de Ch. Pfister, *le Duché mérovingien d'Alsace et la légende de Sainte-Odile*. Au monastère, ce que l'on vend de mieux, c'est une *Sainte Odile, patronne de l'Alsace*, publiée en 1901, par M. Henri Welschinger dans la collection *les Saints*.

Note V (page 77). — Sur la côte de Sion, la chose est certaine, Rosmertha était adorée et elle guérissait ; presque toujours, son nom se lie à celui du Mercure Gaulois, son frère et son amant, honoré, lui, sur le Donon. C'est un malheur que nous soyons ignorants des vertus de cette Rosmertha, car elles durent passer à la vierge chrétienne qui, selon la coutume, lui fut substituée.

Note VI (page 171). — En 1903, les recrues allemandes faisaient généralement deux années ; les mauvais soldats, trois.

ANNEXES

I

IL NE FALLAIT PAS ÉMIGRER

Français, à vous juger sur certaines conversations et sur quelques articles de journaux que vous lisez, vous ne possédez pas une idée précise des conditions morales où vivent les annexés en Alsace-Lorraine.

Si les Alsaciens-Lorrains enduraient les brutalités qui dégradent l'Irlande, comme ils vous intéresseraient ! Leur misère vous emplirait d'émotion. Mais vous leur en voulez un peu de ce qu'ils ne sont point assis tout nus sur les décombres de leurs fermes. « Ah ! nous fûmes bien naïfs de tant applaudir, il y a vingt-cinq ans, les complaintes sur l'Alsace-Lorraine dans les cafés-concerts. » Et vous commencez de raconter quelque petit voyage que vous fîtes en Allemagne.

En traversant l'Alsace, vous avez vu depuis votre wagon, des blés, des vergers, des vignes, des hou-

blons, des bestiaux, du soleil et des gens bien vêtus.
Dans Metz et dans Strasbourg, votre cocher vous
montra de vastes monuments tout neufs où l'on n'a
pas épargné la dépense. Les vieux indigènes vous
parlèrent bonnement des tarifs douaniers, de la
canalisation de la Moselle ou du Rhin, voire de la
Comédie-Française. Un Allemand, pour qui vous
aviez des lettres, vous traita avec courtoisie, et le
soir, en buvant de la bière meilleure et moins chère
que chez vous, vous pensiez simplement que nous
sommes à plaindre d'avoir perdu de si riches provinces. « La victime, disiez-vous, c'est moi ! »

Après cela, vous avez poussé au delà du Rhin, en
Allemagne. L'Empire allemand met en façade ce
qu'il a de plus beau, sa puissante administration, et
vous n'avez pas pu distinguer ce qui vous choque-
rait à l'usage, à savoir l'infériorité des mœurs allemandes. Cependant votre esprit s'élargissait :
« Peste ! disiez-vous, ces Alsaciens-Lorrains sont
annexés à une nation forte et ils profitent de bien
beaux chemins de fer, de bureaux de poste incomparables, et d'une discipline supérieure. » Je ne dis
pas que vous priez Guillaume de vouloir bien régner
sur la France. Tout le monde ne cause pas avec
l'Empereur. Mais, par un phénomène assez simple,

vous vous imaginez savoir que les Alsaciens-Lorrains sont enchantés et qu'ils ne voudraient plus redevenir Français.

Eh bien ! mon cher voyageur, vos observations ne sont pas seulement d'une insipide trivialité, je les déclare fausses. Vous n'avez rien vu, rien compris. C'est à croire que vous pensez avec votre ventre plutôt qu'avec votre cerveau. Recommencez votre voyage, au coin de votre feu, avec un René Bazin. Vous avez parcouru les rues et les brasseries : il vous mènera dans les maisons et dans les consciences.

Entrons chez les Oberlé. De bons bourgeois, un type de famille reproduit sur la terre d'Alsace à des milliers d'exemplaires. Ils habitent l'une de ces innombrables maisons riantes que vous avez vues de votre wagon ; ils exploitent une scierie.

Voici d'abord le grand-père. Il a été député protestataire après la guerre ; c'est aujourd'hui un vieillard, presque paralytique et aphasique. Son demi-gâtisme n'a pas affaibli sa protestation. Dans sa retraite, il demeure intraitable et révolté contre la catastrophe qui le fit Allemand.

Son fils, Joseph Oberlé, qui dirige aujourd'hui la scierie, était autrefois dans les mêmes idées irritées.

Mais il s'est vu mené près de la ruine par la vigueur que déploie l'administration allemande contre les « mauvaises têtes ». (Cette puissance, que vous admirez dans l'administration allemande, fait d'elle un merveilleux instrument pour saisir et broyer qui lui déplaît.) L'égoïsme économique a triomphé en Joseph Oberlé du patriotisme, et, pour réparer la fortune de la famille, d'année en année, il est devenu conciliant. Aux prochaines élections, il pourra être candidat du gouvernement. C'est l'industriel ambitieux et fier de sa richesse ; c'est l'homme aux idées pratiques : « A quoi bon s'obstiner ! l'Allemagne est trop forte et la France se désintéresse de l'Alsace. »

Sa défection n'est pas allée sans souffrance ; il a dû rompre des amitiés, des liens de toutes sortes. Sa femme est une Alsacienne, c'est-à-dire une épouse soumise et une mère excellente. Elle ne pardonne pas à son mari ses opinions nouvelles, mais son devoir est de se soumettre. Elle accepte de l'accompagner dans ses visites officielles, puisque son abstention lui nuirait. Elle souffre en silence. Pour épargner de tels tiraillements à son fils et à sa fille, Joseph Oberlé les fait élever en Allemagne.

Alors que la fille a pris goût à l'éducation cosmopolite de son pensionnat de Baden-Baden et que, tout occupée des trois langues qu'elle parle, de sa bicyclette, de son lawn-tennis, elle ignore la nationalité alsacienne, le fils a été poussé par un instinct secret à lire, à s'initier au génie de la France. Sa vie en Allemagne a produit un résultat tout opposé à celui qu'attendait son père : il a appris à mépriser et non point à haïr les Allemands ; il a reconnu la générosité et le goût du génie français en comparaison d'une civilisation toute de discipline et d'érudition. Ce jeune homme est froissé par la prédominance constante chez les Allemands de la raison sur le cœur, par la dureté du frottement social, par leur absence de nuance et de mesure dans les relations d'homme à homme, par l'implacabilité et l'absolutisme dans toutes les circonstances où son hérédité de culture française voudrait du tact et de la « gentillesse ». Enfin, le fatras de l'érudition l'écœure, car il a un besoin inné de clarté et de spontanéité.

Cette réaction d'un jeune Alsacien-Français contre le germanisme (exagéré encore par l'impérialisme et par la Prusse), je vous la décris exactement, mais en termes insuffisants. C'est qu'il n'est pas facile d'éclairer ces profondeurs de la conscience où se

gardent les germes déposés par deux siècles de culture française.

Joseph Oberlé destine son fils Jean à une carrière
dans l'administration d'Alsace-Lorraine. « Je me
rallie pour vous, mes enfants ; j'en souffre, vous en
aurez les bénéfices. » Mais le jeune homme refuse ;
il reprendra plus tard la scierie. En attendant, installé dans la maison paternelle, il parcourt les coupes
de bois, en compagnie d'un frère de sa mère. Celui-ci,
l'oncle Ulrich, est un type très fréquent. C'est
l'homme qui hait les Allemands, qui vit dans la
montagne pour les éviter et qui guette toujours
l'heure où paraîtra le premier pantalon rouge. C'est
un grand chasseur ; il a une longue-vue sur le dos,
« qui a vu le derrière des Prussiens à Iéna ». D'ailleurs
il n'agit pas. Que pourrait-il? Il est *excellent et stérile*.
Dans leurs promenades, le jeune Oberlé apprend à
connaître son petit pays d'où son père l'avait
écarté. Toutes les idées qui flottaient en lui deviennent fermes : il veut être bon Alsacien, servir
sa terre et ses compatriotes.

Malheureusement, l'époque approche où il doit
faire son année de volontariat. Son père a choisi pour
lui le plus brillant régiment de Strasbourg. Un offi-

cier de ce régiment brigue la main de sa sœur rencontrée dans un bal officiel. Ce projet de mariage est une grande souffrance pour le jeune Alsacien qui sent ce qu'un tel fait contient d'immoral et de désastreux. Lisez Bazin, lisez la grande scène dramatique où le vieil Oberlé, le grand-père qui se désespère de voir sa maison devenir allemande, ordonne à son petit-fils de partir. « Va-t'en ! » trouve-t-il la force de crier. Jean Oberlé passe la frontière.

Je ne vous raconterai point davantage le roman. Il vaut littérairement par le pathétique. Il vaut socialement par la vérité des types. J'aime moins son intrigue, faut-il le dire? Certaines rencontres, certain dîner ne sont point possibles entre Alsaciens et Allemands ; et puis, pourquoi compliquer par une désertion l'émigration de Jean Oberlé? Il pouvait si paisiblement prendre le train avant que d'entrer au régiment ! M. Bazin n'est point saturé et sursaturé d'Alsace, cela se sent. Mais la tragédie est fortement posée et je ne saurais assez dire avec quelle justesse d'accent dans l'émotion, avec quelle vérité, quelle loyauté dans les portraits.

...Je me retourne vers le voyageur qui, au début de cet article, trouvait nos annexés si heureux.

Tiens ! cette maison riante, ces beaux jeunes gens, cet industriel orgueilleux et solide, ce vieux grand-père vénérable, cette mère si douce, sereine, estimable ! Aurions-nous cru que tous ces types d'humanité moyenne cachaient un tel drame? En effet, si l'un des messieurs Oberlé est monté dans votre wagon et si vous lui avez demandé du feu pour votre cigarette, il ne vous a pas ouvert, en même temps que sa boîte à allumettes, son cœur. Mais, vous m'entendez bien, chez tous les Alsaciens, chez tous les Lorrains, il y a des puissances de drame. Dans chaque famille, et comprenez bien ceci, dans chaque conscience, il y a de la discorde. Dans chaque conscience? Oui, c'est le plus grave. *L'opération politique qui consiste à détacher par force une province d'une nation et d'une civilisation, pour la transporter dans un autre groupe social, compromet l'unité morale de chacune des âmes annexées. L'annexion imposée obscurcit le devoir. Elle force à recourir aux casuistes.* Vous faut-il des exemples? Quelle est la règle qui s'impose avec évidence à un Alsacien-Lorrain soldat allemand, en cas de guerre franco-allemande? Manquera-t-il à son honneur de soldat allemand et désertera-t-il? tirera-t-il sur ses frères français? tirera-t-il sur ses camarades de chambrée allemands?

Bazin nous a décrit une des tragédies de l'annexion. La vie, avec ce qu'elle a de varié, de peu analogue, de spontané dans mille sens divers, crée en Alsace-Lorraine mille tragédies qui toutes naissent de ceci, que nos soldats furent vaincus en 1870.

(Faisons en passant notre profit de cette observation et déclarons bien haut que la première sauvegarde de la moralité, c'est d'avoir des fusils, des canons, des soldats disciplinés et des chefs non contestés.)

Là-dessus le Français à qui « l'on n'en fait pas accroire », celui qui a voyagé en Allemagne et qui a constaté la germanisation, me ramène au principe de notre querelle :

— En tout cas, Bazin me donne raison. Voilà ce Joseph Oberlé, un gros industriel, qui accepte le fait accompli et qui se fait Allemand. Voilà sa fille qui se désole de ne point épouser un officier allemand.

— Permettez, voyageur ! Cette petite pécore eût préféré un joli hussard de chez nous. Vous voyez bien qu'elle ne comprend rien à son fiancé allemand, pour qui elle est également une lettre close. Que Mlle Oberlé ne pense jamais à la France, il n'empêche que la pauvre innocente est préparée par deux siècles de culture française à sentir à la française. Il n'est pas mal du tout, son officier allemand. J'admire M. Bazin de n'avoir pas dégradé cet adversaire. C'est avant tout un solide compagnon, de bonne race guerrière, orgueilleux plus qu'on ne saurait dire, et par conséquent hautein, autoritaire, très brave en outre. Il faut savoir le point central d'un militaire prussien, sa fidélité absolue à son empereur. « Nous sommes les fidèles Germains. » Mais voilà ce qu'ignore, ce que ne peut pas sentir cette petite fille ; elle demeure stupéfaite de la brutale décision avec laquelle son fiancé la quitte pour jamais et court après le frère déserteur qu'il voudrait faire fusiller. Avec un officier français, il y aurait eu, je crois, des accommodements : peut-être une certaine générosité envers la jeune fille eût-elle été comprise, excusée, conseillée même par les camarades de l'officier ; peut-être le cas d'un vaincu qui retourne à sa patrie d'origine n'eût-il pas jeté le déshonneur sur une sœur amoureuse.

Cette générosité large et qui nuance ses jugements selon les cas, la jeune Oberlé l'espérait : c'est que ses sentiments ne s'accordent point avec l'intraitable « fidélité » allemande ; c'est qu'elle est Française.

Quant au père, à Joseph Oberlé, je ferais injure à mes lecteurs si je croyais utile de leur démontrer qu'il fait l'Allemand par intérêt, mais qu'il en est fort contrarié, honteux, et jusqu'à en souffrir. En tous pays, nous connaissons les ralliés. Ah ! que les pantalons rouges apparaissent aux défilés de Saverne qu'immortalisa Turenne, et ce candidat officiel au Reichstag redeviendra un fameux Français. Et personne, dans cette embrassade générale, ne voudra lui faire d'affront. D'autant qu'il déploiera un zèle ! Après tout, ce Joseph Oberlé, c'est quelqu'un comme Ugolin qui mangeait ses enfants pour leur conserver un père : il trahit la France pour qu'un Français garde une autorité sociale en Alsace.

Et je ne jurerais point que Joseph Oberlé se trompe ! Peut-être l'histoire, qui ne considère que les résultats, saura-t-elle plus de gré aux Alsaciens qui maintinrent en Alsace le sang alsacien, et, par suite, la culture française, qu'à ceux qui se replièrent sur la France.

Il obéit à son grand-père, le vaincu de 70, plus qu'à son instinct propre et à sa confiance dans la vie, ce noble jeune homme qui passe la frontière et se réfugie chez nous. Certes, nous l'accueillons avec une grande sympathie, parce que nous avons be-

soin de ces bonnes races de l'Est qui manquent d'élo-
quence et qui prennent le temps de penser avant
de parler, mais la scierie passera aux mains des
Allemands ! A-t-il réfléchi là-dessus avec une par-
faite abnégation? Une influence germanique se
substituera sur les pentes de Sainte-Odile à une
famille terrienne, pleine, qu'elle le sache ou non,
des forces et des voix de la France. Jean Oberlé,
généreux garçon que je salue avec respect, voulez-
vous être un héros? Ne quittez point l'Alsace ! —
« Eh ! dit-il, qu'y puis-je faire d'utile, humble suspect
en face d'un empire colossal? » — Je ne vous demande point d'agir, mais seulement de vivre. Je ne
vous demande même point de protester, mais
naturellement, chacune de vos respirations sera une
respiration rythmée par deux siècles d'accord avec
le cœur français. Demeurez un caillou de France
sous la botte de l'envahisseur. Subissez l'inévitable
et maintenez ce qui ne meurt pas.

II

LA CONSCIENCE ALSACIENNE

Je causais avec Stanley : « Dans ma traversée de
l'Afrique, me dit-il, au milieu d'immensités que
désole une perpétuelle anarchie, un petit chef me
rendit de véritables services. Pour les reconnaître, à
ce noir sympathique et à son entourage (des gens
bien incapables de s'inventer une religion), je donnai
le christianisme. Ils en comprirent ce qu'ils purent,
mais ce fut fait de l'anarchie : ils avaient dès lors
un lien social. Aujourd'hui le petit chef règne sur
un vaste territoire où le cadeau d'un passant a mis
une façon d'unité morale... »

J'aime ce fait que m'a fourni un homme, un véritable homme et non point un idéologue, mais un dur
Anglais positif. Les plus humbles des nègres et nous-
mêmes, si nous voulons vivre en société (et hors de
la vie sociale, rien que terreur, ignorance et misère),
il faut d'abord que nous ayons en commun quelque

sentiment qui ne soit plus discuté, qui donne une prise et qui permette à telles paroles, à tels actes d'accorder soudain toutes nos âmes. Autour de la vérité fournie par Stanley, pour peu qu'elle s'adapte à la race et au climat, une tradition, une civilisation indigènes ne manqueront point de se former. Il n'y faut que de l'esprit de suite.

Hélas! cette tradition, mille causes venues du dehors peuvent la gâter, la détruire...

On écrirait un beau livre sous ce titre : « Comment les nations finissent! » Mais d'abord on voudrait savoir sur quoi elles se fondent. De quoi sont faites la conscience française ou l'allemande ou l'anglaise? Nul principe général. C'est une série de cas ou d'espèces.

Il y a bien des manières, pour un pays, de posséder l'unité morale. Le plus souvent, des institutions traditionnelles ou bien une dynastie fournissent un centre, fixent une direction, lient tous les mouvements, accordent les efforts (comme si un plan avait été combiné par un cerveau supérieur) et inspirent enfin les sentiments de vénération nécessaires pour qu'un individu accepte de se subordonner. D'autres fois, certaines collectivités arrivent à prendre conscience d'elles-mêmes organiquement; c'est le cas

pour l'anglo-saxonne et la teutonique, qui sont
de plus en plus en voie de se créer comme
races.

Les Alsaciens ne sont pas liés entre eux par
quelque attachement à des institutions ou à une
dynastie indigènes, ils ne se connaissent pas comme
une race particulière ; et pourtant il y a une conscience alsacienne !

C'est que, dans la souffrance, les peuples naissent
à la vie morale, s'unifient et se resserrent sur leurs
réserves héréditaires. Sous le dur sabot du cheval
de Napoléon, l'Allemagne s'éveilla, se définit, lia
ses mouvements ; de même, l'Italie du Nord sous
l'Autriche. La conscience des antiques populations
qui habitent la marche d'Alsace s'est formée, s'est
condensée, dirais-je, sur un territoire bien défini
que pressent alternativement les Celtes et les Germains. C'est au milieu des plus brutales émotions
que les Alsaciens ont pris une claire connaissance
commune de leurs ressources, de leurs besoins, de
leur centre et de leur but. Une claire connaissance
ou parfois rien qu'un vif sentiment. C'est assez pour
faire une unité morale. Elle durera tant que les Alsaciens considéreront leur libre disposition d'eux-
mêmes comme favorable à leur bien-être et à leur

honneur, tant qu'ils jugeront qu'à renier leur nationalité, ils se diminueraient.

Cette volonté de vivre, ce petit pays l'a eue à travers les siècles, mais depuis trente-trois ans, chaque jour, elle va parlant haut et plus clair. Jadis notre territoire était sectionné en une multitude de comtés, seigneuries, prévôtés, bailliages, évêchés, abbayes, villes libres et terres nobles ; puis nous nous fondîmes avec complaisance dans les destinées françaises : aujourd'hui les Alsaciens se connaissent comme les citoyens d'une même patrie. Ils aspirent à régler eux-mêmes leurs intérêts matériels, et, pour maintenir les conditions les plus favorables à leur culture morale, ils ne voient rien de mieux que de se rattacher à la terre de leurs morts. Dans leurs âmes leur nationalité est si vivante que la pire injure, c'est s'ils disent à l'un d'eux : « Tu n'es plus un véritable Alsacien. » Que l'univers déclare s'il a vu jamais, dans aucun siècle, aussi clairement que dans la minute présente, le caractère, le rôle et la volonté de cette petite Alsace qu'il admire et qui le gêne?

On voudrait marquer, définir, aider (le tout, brièvement, mais on y reviendra) cette conscience collective de l'Alsace ; on voudrait donner leur plein sens à deux institutions récentes : *la Revue alsa-*

cienne illustrée et *le Musée alsacien*, qui sont à la
fois des témoignages et des moyens de cette persis-
tance nationale.

a) *La Revue alsacienne illustrée.*

Il ne faut point oublier que notre vie alsacienne
est un phénomène assujetti à des conditions déter-
minées, à celles-là mêmes qui, durant des siècles,
présidèrent à notre formation ; aussi, pour un
patriote alsacien, quelle tâche plus utile que de marquer ces nécessités et de nous incliner à les aimer?

A cette tâche, sans raideur ni pédanterie, *la
Revue alsacienne illustrée* s'emploie. Elle se propose
d'être un cours d'éducation alsacienne complète.
Elle ramène notre imagination jusqu'à la préhistoire.
Elle convie les anthropologues à nous exposer de
quelles races se peupla d'abord le sol de la vallée rhénane, et comment ces premiers Alsaciens, qui étaient
des Celtes, s'attaquèrent, pour les dominer, aux forces
naturelles qui nous pressent encore. Mais, fort juste-
ment, c'est aux périodes modernes que la revue s'at-
tache de préférence, car nous avons nos plus pres-
sants devoirs envers les générations dont nous sommes

les héritiers immédiats : il faut que nous mettions aux mains de nos fils un bagage reçu de nos pères, qui le tiennent eux-mêmes d'une chaîne obscure, infinie...

Biographies des Alsaciens qui se firent remarquer dans les arts, dans les sciences, dans l'industrie, dans la politique, à la guerre ; descriptions géographiques ou pittoresques de notre terre ; détails sur les coutumes et sur l'art indigènes ; nécrologie au jour le jour de nos notables : tout doit servir, car de quoi s'agit-il, en somme? Il s'agit, ne l'oublions point, de favoriser chez les enfants alsaciens toutes les influences familiales, régionales, historiques et professionnelles : il s'agit de les raciner dans la terre de leurs morts. Ils n'en tireront point une règle expresse, mais une sorte de piété infiniment riche et vibrante, une orientation qui, sans les contraindre, leur désignera leur honneur propre.

La Revue alsacienne a le bon sens d'accumuler des faits alsaciens et de laisser le lecteur subir paisiblement l'action de ce climat moral qu'elle lui compose ou restitue. Elle vaut comme une enquête indéfiniment ouverte, mais elle évite de conclure par un système du parfait Alsacien. Aussi bien, la tradition alsacienne (non plus qu'aucune tradition) ne consiste point en une série d'affirmations dont

on puisse tenir catalogue, et, plutôt qu'une façon
de juger la vie, c'est une façon de la sentir : je la
définirais volontiers une manière de réagir commune
en toute circonstance à tous les Alsaciens.

Il y a une discipline alsacienne, — disons le mot :
une épine dorsale alsacienne. Celui qui naît entre les
Vosges et le Rhin, d'une longue suite de générations
toutes dressées par les mêmes conditions de vie, est
physiquement prédisposé à sentir les choses d'une certaine manière. Les morts lui ont créé une sorte d'au-
tomatisme moral. Même s'il quitte ses tombeaux, il
ne sera pas nécessairement un déraciné : où qu'il aille
et plongé dans les milieux les plus dévorants, il
demeurera la continuité de ses pères et, pendant un
long temps encore, participera de la conscience alsacienne.

b) *Le Musée alsacien.*

Dans les profondeurs de cette conscience alsacienne, il y a plus de ressources qu'on n'en peut
amener sous le jour de la raison. Certains mots
éveillent chez un digne Alsacien un si grand nombre
d'idées que c'est comme le bruissement de la forêt
sous un coup de vent ; mais, plus profondément

encore que ne feraient les mots, certaines images,
tels paysages, tels objets, peuvent ébranler en nous
des pensées flottantes, des songes sans forme, des
aspirations indéterminées, tout le pêle-mêle qui sert
de support à notre âme raisonnante. Aussi des chapitres d'histoire, des biographies, des portraits de
nos plus illustres morts, bref *la Revue alsacienne
illustrée*, c'est parfait, c'est indispensable. Mais, pour
émouvoir notre vénération déjà avertie, instruite,
rien ne vaut la figure même de l'Alsace.

Il n'est point de patriote complet, s'il n'a erré
avec familiarité sur les routes et dans les sentiers
de la plaine et de la montagne et dans les rues de
nos villages. Le terroir nous parle et collabore à
notre conscience nationale aussi bien que les morts.
C'est même lui qui donne à leur action sa pleine
efficacité. Les ancêtres ne nous transmettent inté-
gralement l'héritage accumulé de leurs âmes que
par la permanence de l'action terrienne. C'est en
maintenant sous nos yeux les ressources du sol alsacien, les efforts qu'il réclame, les services qu'il rend,
les conditions enfin dans lesquelles s'est développée
notre race forestière, agricole et vigneronne, que nous
comprendrons comme des réalités et non comme des
mots nos traditions nationales.

La maison, les ustensiles, les costumes, établis selon un type traditionnel, avec des matières du pays, ont été lentement appropriés à toutes nos nécessités par le climat, par les coutumes, par les besoins de la vie. Témoins sincères de notre passé, ces objets insensibles nous disent sans erreur quelles furent chez nos ancêtres les manières de vivre et de chercher le bonheur. Il est nécessaire de les recueillir. Le patriotisme, en tous pays (à Bâle, dans Arles, à Nuremberg), s'appuie sur l'ethnographie, science qui se propose de décrire méthodiquement les peuples. Et voilà pourquoi, à Strasbourg, de fervents Alsaciens viennent de créer *le Musée alsacien*, qui double et complète *la Revue alsacienne illustrée*.

Marquons-le d'abord avec force : on ne veut point assembler dans des vitrines des objets beaux ou pittoresques ; on veut reconstituer des milieux et des scènes de la vie alsacienne pour fournir un tableau fidèle des coutumes de l'Alsace.

Les organisateurs du *Musée alsacien* parcourent le pays, et, dans chaque village, ils répètent :

— N'avez-vous pas quelques objets qui vous viennent de famille et dont vous ne fassiez rien ; des outils, des armes, des meubles, des habits du temps passé ?

— Oh ! nous n'avons rien de rare.

— Voulez-vous que nous montions sur votre grenier?

Dans les premiers mois, avant que les séries commençassent à se constituer, on n'en descendait jamais les mains vides. Et, notons-le en passant, maintes fois les plus pauvres gens, puisque c'était pour faire aimer l'Alsace, refusèrent qu'on les payât. Ils disaient :

— Emportez ! nous serons assez contents si c'est dans le Musée.

Bien que l'ethnographie ne cherche ni la beauté ni le pittoresque, il arrive presque nécessairement que ses collections enchantent les artistes, car ce qui fut adapté à un usage précis, durant une longue suite de temps, chez un peuple noble, ne saurait manquer de style. Telles quelles d'ailleurs, ces vieilles choses ébranlent la piété filiale, la vénération d'un Alsacien. Les gens du peuple ne sont pas prêts pour juger et comprendre les tableaux et les sculptures ; mais quand ils voient dans un musée un objet dont usaient leurs grands-pères, ils se le montrent avec un attendrissement secret et ils disent : « Nous sommes d'une nation à part, puisque ces anciens costumes, cette huche, ce rouét, ces

images de baptême arrêtent l'étranger ! » Voilà des
passants devenus songeurs et qui sentent le fil de la
race.

Celui qui visite la vieille maison du quai Saint-
Nicolas est d'abord arrêté par la façade, ornée d'une
échauguette et couronnée d'un toit immense, qui
date de la fin du seizième siècle. La cour pittoresque
avec ses galeries circulaires en bois lui offre un
exemple tout à fait typique de l'architecture alsacienne. Il parcourt l'immeuble, dont certaines
parties remontent au seizième siècle ; il examine
tous ces objets usuels et familiers, ces meubles ornés
de peintures, de marqueteries ou d'incrustations, ces
poêles de faïence peinte, ces armes à devises, ces
pots à vin en faïence blanche et ces canettes en
étain, ces moules à gâteaux ou à fromages, ces
coiffes de paysannes qui permettent de reconstituer
toute l'histoire à travers les âges du fameux « nœud
alsacien », ces nombreux costumes féminins de soie,
de velours, de toile, lamés d'or ou d'argent, brodés
de paillettes, égayés de dentelles... Il est amusé et
instruit. Une petite heure de plaisir vient de le
renseigner, mieux que ne le ferait toute une vie de
lecture sur la civilisation matérielle en Alsace, sur
notre « culture des sens » si admirée des Allemands,

qui rangent sous cette expression l'architecture,
l'ameublement, la tenue des maisons, l'art culinaire
et toutes les commodités.

Pénétrer ainsi dans la demeure close et, je puis
dire, dans l'intimité de nos notables, de nos bourgeois et de nos paysans, pour un étranger, c'est un
magnifique divertissement : c'est sortir de soi-même.
Mais pour un Alsacien, c'est mieux encore, c'est se
replier sur soi-même.

Repliement qui n'est point vain attendrissement
ou sommeil, mais reprise d'énergie au contact de
nos morts. Nous sommes les prolongements de nos
parents. Pour fortifier notre personnalité, il faut
nous placer dans une suite et nous tenir liés à ceux
de qui nous avons hérité. Il importe à notre santé
morale que nous laissions les concepts fondamentaux
de nos morts parler en nous. Comment mieux les
entendre que si nous maintenons les conditions de
vie où ils se développèrent eux-mêmes?

Cet humble trésor familier de l'Alsace, pendant
une longue suite de siècles, à travers mille vicissi-
tudes, nos pères le constituèrent. Il ne nous aide
point seulement à connaître son roi et sa reine,
l'Alsacien fier et tenace, l'Alsacienne ordonnée et
tendre. Il nous élève au-dessus de la minute pré-

sente, au-dessus de notre courte destinée et des misères passagères. En nous rattachant à toute la lignée des ancêtres, il nous enseigne que nous sommes les héritiers d'une longue gloire. De grandes et puissantes nations, aujourd'hui favorisées, n'existaient pas encore, que déjà l'Alsace aidait à la civilisation générale. Il est bon qu'un peuple s'estime à sa juste valeur, pour qu'il refuse de subir des influences parfois inférieures. Quand les Alsaciens voient leur supériorité, que nul ne conteste, ils sentent grandir leur contentement intérieur et aussi leur volonté de demeurer Alsaciens.

Ces objets inanimés, dans ces salles silencieuses, semblent baignés d'une quiétude comparable à la paix où reposent nos morts. Ils vont pourtant vivifier nos âmes. C'est ici notre maison paternelle à tous, c'est ici l'atmosphère où se prépara l'héritage de vertus dont il faudra qu'à notre tour, sous peine de déshonneur national, nous transmettions à nos fils le vivace dépôt.

NOUVELLES ANNEXES

(POUR L'ÉDITION D'APRÈS LA VICTOIRE)

I

ADRESSE

DES

ÉTUDIANTS DE STRASBOURG

À MAURICE BARRÈS (1)

CHER MAITRE,

C'est un grand honneur et c'est une grande joie pour les étudiants alsaciens et lorrains de vous acclamer dans ce Strasbourg qui, le cœur débordant d'allégresse, s'est jeté dans les bras de la mère patrie.

Nous saluons en vous, avec admiration et gratitude, l'un des meilleurs artisans de la grande œuvre qui vient de s'accomplir. Collaborateur fidèle et continuateur du noble Déroulède, vous avez pensé, comme lui, que le mot d'ordre fameux : « Pensons-y

(1) Le cercle des Étudiants de Strasbourg a reçu M. Maurice Barrès le 24 novembre 1920. Le président du Cercle a prononcé, à cette occasion, l'Adresse que nous publions ici.

271

toujours, n'en parlons jamais » I risquait de mener tout doucement à l'indifférence et à l'oubli. Vous avez estimé qu'il fallait « y penser toujours et en parler sans cesse ».

Ce commandement, vous l'avez formulé et développé avec cette magie de style dont vous avez le secret.

En des pages inoubliables, vous avez fait connaître à la France la tâche qu'accomplissaient les Alsaciens et les Lorrains demeurés sur le sol natal. Vous avez fait comprendre aux Français que les gardiens fidèles du dépôt sacré servaient la France aussi efficacement que ceux qui, pour l'amour d'elle, avaient tout quitté.

Et vous nous avez expliqué, à nous, les raisons d'être de notre attitude et de celle de nos pères ; vous nous avez montré le moyen de subir, sans démériter, le joug étranger,

Vous nous avez rendu sensible l'action de notre terre et de nos morts : de la terre, où plongent les racines qui nous transmettent la vigueur et nous assurent la continuité ; des morts, qui nous enseignent une discipline auguste. En un mot, vous avez été pour nous un merveilleux *professeur d'énergie.*

L'événement a prouvé la fécondité de vos doctrines et la clairvoyance de vos jugements. Si l'Alsace a retrouvé la France telle qu'elle n'avait jamais cessé de la voir, héroïque et maternelle ; si la France a retrouvé l'Alsace et la Lorraine telles qu'elle pouvait les souhaiter, aimantes et fidèles, on sait quel mérite en revient aux hommes qui, comme vous, ont éclairé les esprits et tenu en éveil les consciences.

Après la victoire, vous n'avez pas jugé terminée votre mission.

Ce n'est pas tout que les Bastions de l'Est, dont vous fûtes le vaillant pionnier, aient arrêté et rejeté la ruée des barbares ; ils vont couvrir la marche en avant des missionnaires de la civilisation latine. Vous êtes venu à Strasbourg pour proposer à la Rhénanie une charte qui satisfasse son génie et ses aspirations tout en sauvegardant les intérêts sacrés de la France. Vous avez demandé aux maîtres de notre Université et à leurs disciples de seconder de leurs travaux ces desseins généreux. Nous avons la conviction que votre voix sera entendue.

Mais les tâches nouvelles que vous nous proposez ne nous feront pas oublier le devoir d'hier qui reste celui d'aujourd'hui et de demain. Ce devoir, — il nous est permis de le dire avec fierté, — plusieurs

18

d'entre nous et nos aînés l'ont rempli de leur mieux. Vous l'avez résumé naguère dans cette formule saisissante : « Demeurez un caillou de France sous la botte de l'envahisseur. Subissez l'inévitable et maintenez ce qui ne meurt pas. »

Les Alsaciens et les Lorrains ont subi et maintenu, et l'envahisseur a fini par trébucher sur tous les cailloux de France où s'est heurtée sa botte. *Mais sa chute ne l'a pas dégrisé.*

Plus que jamais nous avons le devoir de veiller. La patrie retrouvée a besoin de nos dévouements et de nos intelligences. C'est à nous encore et toujours d'assurer la garde du Rhin. Ce rôle séculaire de l'Alsace française, nous n'aurons plus la tristesse, comme Paul Ehrmann, de le remplir sous l'uniforme étranger. Grâce à l'héroïsme des soldats de France, nous pourrons arborer avec fierté nos vraies couleurs. Nous pourrons, au grand soleil, livrer tous les combats ; sceller toutes les amitiés que notre cœur et notre raison nous commanderont. Mais notre inexpérience ne peut encore se passer de guide, de conseiller. Veuillez, cher Maître, nous aider de votre pensée loyale et généreuse, de votre parole lumineuse et persuasive. Faites-nous le grand honneur de rester notre ami !

RÉPONSE DE MAURICE BARRÈS
AUX ÉTUDIANTS DE STRASBOURG

MES CHERS AMIS,

La belle page que vous me donnez là est un titre de noblesse que je vais garder précieusement.

Quel fut mon faible mérite?

De distinguer qu'il s'accomplissait en Alsace-Lorraine quelque chose d'une qualité morale héroïque.

Il y avait en Alsace-Lorraine vos aînés, vos pères qui duraient sous la botte du vainqueur, ne se laissaient pas dénaturer, demeuraient fidèles eux-mêmes, voulaient remplir leur destinée propre et refusaient une destinée prussienne.

Un grand chapitre de l'histoire de la civilisation, cette résistance des vaincus! Il me fut donné de la voir et j'ai essayé de la raconter. Qu'ai-je été? Un témoin des Alsaciens-Lorrains demeurés en Alsace-Lorraine.

Eux aussi, je l'ai compris et je l'ai dit, même quand ils avaient la douleur d'être « au service de l'Allemagne », maintenaient un principe de fidélité fran-

çaise qui, sans eux, aurait été dépourvu d'efficacité
réelle. Comment se fit pour moi cette révélation,
quelque jour je le raconterai. J'avais bien souvent
parcouru en tous sens l'Alsace et la Lorraine, et
précisément je venais de publier ce pèlerinage au
cimetière de Chambière dans Metz et ce voyage sur
la Moselle que rappelait hier mon cher et éminent
ami Fernand Baldensperger. Je trouvais partout de
déchirants souvenirs, mais la pensée d'avenir?
l'espoir en chair et en os? Mes camarades d'enfance,
nombreux parmi les Alsaciens et les Lorrains, étaient
tous passés en France. Un jour de l'été de 1899, par
hasard, dans une visite au champ de bataille de
Frœschwiller, je rencontrai le jeune docteur Bucher,
et dès ce moment, dans une longue amitié, nous
nous fûmes utiles l'un à l'autre pour l'élaboration
d'images propres à faire comprendre ce que la
France d'alors comprenait mal, le rôle supérieur des
Alsaciens et des Lorrains demeurés en Alsace-Lorraine.

Bucher m'a fait connaître Georges Haehl, Laugel,
le docteur Dollinger, tous ces patriotes qui sont vos
grands amis. Si je fus jamais de quelque utilité,
c'est pour avoir connu sur place des Alsaciens exemplaires.

Honneur à vos aînés !

Et vous? Vous avez une tâche. La même qu'ils accomplirent. L'éternelle tâche des grands cœurs sur le Rhin. Vous venez de la définir, vous venez de nous formuler comment vous la comprenez. Sceller l'Alsace et la Lorraine à la France. Protéger l'Alsace et la Lorraine contre un retour offensif du germanisme.

Metz et Strasbourg n'auront aucune sécurité tant que la pensée pangermaniste et la force prussienne fermenteront sur la rive gauche du Rhin. Votre mission est d'épurer de tout pangermanisme et de Prusse la rive gauche du Rhin, de rejeter dans leurs brumes d'outre-Rhin les vieux dieux nordiques.

C'est pour en causer avec vous et m'associer en quelque mesure à votre œuvre d'immense utilité française et universelle que j'ai sollicité de vos maîtres l'honneur de professer dans votre Université. Eh bien ! en marge de mes leçons et pour y mettre tout l'accent, laissez-moi vous communiquer une grande pensée du maréchal Foch, une pensée qui, après nous avoir confirmé dans notre projet, vous demeurera utile toute votre vie si vous vous l'appropriez par la méditation.

Le maréchal professe que pour agir, pour pro-

duire, il nous faut une conviction, une foi, une
croyance en quelque grande idée qui nous dépasse, et que le fait seul de nous donner à une
idée supérieure pour la servir avec foi développe
dans notre être des forces que nous-mêmes nous
ignorions.

Nul observateur ne contredira le maréchal. C'est
là un fait d'expérience : nul de nous ne développe
la totalité de ses puissances spirituelles et physiques tant qu'il n'a pas une foi, un amour (c'est
tout comme) qui le soulèvent au-dessus de lui-même.
Mais voici le complément très profond et d'ordre
pratique que ce grand conducteur d'hommes ajoute
à sa vérité constatée : « On ne naît pas croyant, nous
dit-il, pas plus qu'on ne naît instruit ou musclé.
Chacun doit se faire ses muscles, son savoir et sa
foi. »

Chacun de nous doit se faire sa croyance. Mes chers
amis, la croyance qui fera votre force pour toute
votre vie, comme elle fit celle de vos pères, c'est
cette certitude que vous venez de m'exprimer, la
certitude que la France va exercer sur le Rhin une
action vraie et bienfaisante, commandée de toute
éternité par l'histoire et d'une manière plus pres-
sante par les événements actuels. Donnez-vous

entièrement à cette foi, héritée de vos pères et que je
suis venu raisonner avec vous, pour qu'elle multiplie en vous, jeunes gens de la victoire, l'énergie,
la flamme et le bonheur de vivre dans l'Alsace
et la Lorraine françaises.

II

DISCOURS DE MAURICE BARRÈS
SUR LA TOMBE DE PIERRE BUCHER

(18 février 1921)

Pierre Bucher a été utile à la France et à l'Alsace. On ne peut rien dire de plus beau sur une tombe.

Les services qu'il a rendus à la Patrie se divisent en trois chapitres qui embrassent toute sa vie : avant la guerre, il fut la tête de la plus ardente conspiration spirituelle des Alsaciens-Lorrains pour la France ; pendant la guerre, il organisa le centre de Réchésy, qui fournit à nos armées leurs informations les plus importantes et les plus sûres ; après la guerre, il fut le conseiller de l'État français en Alsace-Lorraine.

Que chacun lui rende témoignage ! Je dirai un jour comment de nos entretiens acharnés, pleins d'une foi profonde, sortirent mes livres alsaciens et lorrains et ses œuvres alsaciennes, son musée et sa revue. On dira comment les renseignements précis qu'il apporta sur les intentions de Ludendorff eürent, à la mi-juillet 1918, une influence décisive sur la victoire française. MM. Poincaré, Clemenceau et Millerand peuvent justifier des incomparables ressources d'intelligence et d'activité que Bucher mit toujours à leur disposition, en vue du bien public.

Tout cela, vrai, solide, inattaquable, paraîtra d'une efficacité plus profonde à mesure que l'histoire en fera son étude.

Bucher était-il seul dans ces préparations de la délivrance? Tous, vous pouvez nommer ses émules dans d'autres domaines de la politique et du journalisme. Et dans l'apostolat même qu'il s'était choisi, son esprit merveilleusement clair et tenace, qui jamais ne sommeillait, qui jamais ne cessait d'inventer de meilleurs moyens pour atteindre toujours le même but, recrutait partout, à toutes les minutes, des collaborateurs. Avec lui travaillait toute une jeunesse alsacienne et lorraine, qui partageait sa foi et ses dangers ; avec lui se continuaient son oncle Sieffermann et la grande génération des protestataires. Il possédait, poussé jusqu'au génie, l'art de tirer des hommes ce que chacun d'eux pouvait donner à la cause de l'Alsace française. C'était un prodigieux organisateur d'équipes. Saluons sur cette tombe de leur inspirateur, l'équipe du *Musée alsacien*, l'équipe de la *Revue* et des *Cahiers*, l'équipe des Conférences françaises, l'équipe du Cercle des étudiants, l'équipe des *Cours populaires de langue française*, l'équipe de Réchésy, l'équipe du *Bulletin de la presse allemande*, l'équipe des *Amis de l'Université*, l'équipe de *l'Alsace française*... bataillons sacrés de la patrie sur la frontière.

La vie de Pierre Bucher est, dans sa plénitude, d'une émouvante unité. Depuis ce jour de juin 1899 où j'ai rencontré pour la première fois ce jeune homme inconnu au milieu des monuments de la défaite du champ de bataille de Reichshoffen jusqu'à qu'à cette heure funeste où nous le perdons en pleine victoire, je l'ai vu déployer infatigablement une volonté de fer pour créer des instruments d'action à la France dans l'Est. Il n'a rien voulu que son apostolat. Il est mort en plein travail, comme les favoris du ciel, mort dans sa mission qu'il élargissait encore, mort en constituant, avec son jeune disciple Jæger, l'équipe qui devait favoriser le développement de l'esprit français dans les provinces rhénanes.

Ainsi puissions-nous, tous, consumer nos jours

dans l'accomplissement d'une vocation sans re-
proches !

On ne peut pas imaginer d'existence plus noble
et plus mâle, plus religieuse au sens large et profond
du mot, que le demi-siècle vécu par cet enfant de
la défaite qui, sujet allemand de par le traité de
Francfort, déploya toute son énergie, jour par jour,
dans un constant enthousiasme secret, pour recon-
quérir à sa terre, à son peuple et à lui-même la nationalité française : la plus glorieuse qu'il imaginât,
et la seule où il pût reposer en paix.

Repose, Pierre Bucher, dans la terre française de
Strasbourg. Tes amis accompagnant ton corps ont
salué au parvis de la Cathédrale le drapeau de la
France. Ta vie et ton rêve sont accomplis. Ton âme
continuera de vivre au milieu de nous et de nous
inspirer, pour l'accomplissement de ton œuvre, qui
est d'attacher les cœurs à la France, sur ces limites
du monde latin, si fortement que la Germanie n'y
puisse plus trouver de brèche où nous envahir. Adieu,
grand volontaire de la civilisation française sur le
Rhin ! Ta mémoire ne périra pas.

III

PIERRE BUCHER

ET LE

SERVICE DE L'ALLEMAGNE (1)

a) *Témoignage de Pierre de Quirielle*
(*dans le* Correspondant *du* 10 *mars* 1921) :

...Le docteur Bucher était un jeune médecin obscur et inconnu qui devait se préoccuper de se faire une clientèle. Il vivait dans des milieux d'artistes alsaciens. Au cours de l'été 1899, il rencontre, en Alsace, M. Maurice Barrès qui séjournait à Niederbronn ; il le retrouve, un peu plus tard, après le procès de Rennes, au Donon (2). L'écrivain français et le mé-

(1) Sous ce titre nous groupons quelques dépositions de ceux qui furent plus que les témoins, les collaborateurs de Pierre Bucher.

(2) L'intermédiaire de la rencontre fut M. Henri Albert, le traducteur de Nietzsche, qui, pendant les dix années avant la guerre, a donné au *Journal des Débats* des informations précises et sûres sur l'Alsace-Lorraine et dirigé *le Messager d'Alsace-Lorraine*. Dès le mois de décembre 1899, M. Barrès

decin d'Alsace se sont revus souvent depuis. Qu'est-il résulté de leur rencontre? M. Maurice Barrès, déjà pèlerin de la Moselle, était attiré vivement par le problème alsacien-lorrain ; il s'efforçait de le comprendre et de le voir dans sa vivante réalité. Bucher lui apporte les réalités de l'Alsace. Dirons-nous qu'il lui explique le problème et lui révèle la doctrine de la situation nouvelle? Il semble plutôt qu'il arrive à les découvrir et à les comprendre avec lui.

« Je dirai un jour, déclare M. Barrès lui-même dans son discours sur la tombe de Bucher, comment de nos entretiens acharnés, pleins d'une foi profonde, sortirent mes livres alsaciens et lorrains, ses œuvres alsaciennes, son Musée et sa Revue. » En 1901, le docteur Pierre Bucher prend la direction de la *Revue alsacienne illustrée*, fondée deux ans plus tôt par l'artiste alsacien Spindler. C'est le point de départ véritable de son action. La même année, M. René Bazin publiait son roman célèbre, *les Oberlé*, qui amenait ou ramenait l'attention sur l'Alsace. Dans l'histoire des rapports entre la France

faisait à Paris une conférence où il exposait ce qu'il appelait un peu plus tard, en la reproduisant dans les *Scènes et Doctrines du nationalisme*, « une nouvelle position du problème alsacien-lorrain ». (P. DE Q.)

et l'Alsace pendant quarante-quatre ans, il serait intéressant de marquer la place qu'y tiennent quelques œuvres d'imagination. Bucher, qui accueillait, attirait et guidait déjà les Français en Alsace, avait aidé M. Bazin à se documenter. *Les Oberlé* traçaient de beaux paysages alsaciens ; ils présentaient des aspects émouvants et dramatiques de la question d'Alsace qui ne contredisaient pas trop les idées courantes qu'on s'en faisait alors chez nous ; ils se terminaient sur l'épisode de la désertion du jeune Oberlé, fuyant la caserne allemande pour se réfugier en France. Ces dernières pages causèrent une déception à ceux qui orientaient la résistance alsacienne dans une autre direction ; ils regrettaient qu'on continuât de célébrer l'abandon du sol d'Alsace par un Alsacien comme une victoire française. M. Maurice Barrès écrivit, à propos des *Oberlé*, une page qui a pris depuis l'importance de l'affirmation d'une doctrine sous ce titre significatif : *Il ne fallait pas émigrer* (1). C'est un article où il loue, comme elles le méritent, toutes les qualités du

---

(1) L'article est reproduit, sous ce titre, dans les *Scènes et Doctrines du nationalisme*, puis, en appendice, dans *Au service de l'Allemagne*. Quand il parut dans *le Figaro*, il était simplement intitulé « les Annexés ».

roman de M. Bazin, marquant avec une juste et fine précision ce qu'il apporte pour montrer en France la situation de l'Alsace. Il indique seulement qu'il l'aurait terminé autrement. Et il termine lui-même sur ces lignes qui énoncent la doctrine sous une forme admirable avec une grande force :

Jean Oberlé, généreux garçon que je salue avec respect, voulez-vous être un héros? Ne quittez point l'Alsace ! « Eh ! dit-il, qu'y puis-je faire d'utile, humble suspect en face d'un empire colossal? » Je ne vous demande point d'agir, mais seulement de vivre. Je ne vous demande même point de protester, mais naturellement chacune de vos respirations sera une respiration rythmée par deux siècles d'accord avec le cœur français. *Demeurez un caillou de France sous la botte de l'envahisseur. Subissez l'inévitable et maintenez ce qui ne meurt pas.*

C'est la doctrine même que devait appliquer et mettre en œuvre toute l'action en Alsace du docteur Bucher. Un grand écrivain lui a donné un tour saisissant ; il ne l'eût pas conçue sans lui. Bucher n'a fait depuis que la développer dans le domaine de la réalité. En attendant, il fournissait bientôt après à M. Barrès le héros et personnage principal de son livre, *Au service de l'Allemagne,* où l'écrivain, reprenant la doctrine, l'affirmait de nouveau à sa manière, qui était ici singulièrement persuasive et

remarquablement originale sous la forme vivante
qui exposait la thèse en la gravant dans l'esprit
des lecteurs. Le volontaire Ehrmann, qui sert et
reste à la caserne allemande, en refusant de déserter
l'Alsace, par devoir alsacien, c'est le docteur Bucher ; c'est, transposée par l'art, l'impression que
M. Barrès a gardée de leur rencontre et de leurs entretiens...

b) *Témoignage d'André Hallays* (*dans* la Revue.
des Deux Mondes *du* 15 *mars* 1921) :

... Lorsque je fis la connaissance de Pierre Bucher,
ses desseins s'étaient déjà précisés en quelques formules nettes et limpides. La *Revue alsacienne illustrée* résumait ainsi sa doctrine :

Il y a un bien-être physique et moral à se plonger
dans son milieu naturel.
Et, en effet, tous, nous sentons ce que nous voulons
exprimer quand nous définissons l'un d'entre nous en
disant : « C'est un vieil Alsacien ! C'est un type de la
vieille Alsace ! » Et nous sentons également qu'un de
nos compatriotes est diminué si l'on est amené à dire
de lui en secouant la tête : « Ce n'est plus un Alsacien. »
Chez tous les Alsaciens, ce sentiment inné de piété
ancestrale et d'attachement au sol existe, mais c'est
insuffisant de demeurer, vis-à-vis de l'Alsace, dans cette

phase sentimentale : il faut que nos raisons d'aimer notre terre et nos morts nous soient tangibles, et il faut que nous comprenions de quelle manière nous pourrions le mieux dégager, maintenir et prolonger la tradition alsacienne.

... Nous voudrions surtout que, mieux renseigné sur sa nationalité, chaque fils d'Alsace contribuât plus sûrement à l'enrichir encore.

Car l'assertion qu'une chose est bonne et vraie a toujours besoin d'être prouvée par une réponse à cette question : « Par rapport à quoi cette chose est-elle bonne ou vraie? »

Les choses ne sont bonnes ou vraies pour les Alsaciens que si elles sont le développement d'un germe alsacien. Du moins, si elles ne sont pas le fruit de notre race, il faut qu'elles acceptent les conditions de notre climat moral ; oui, qu'elles se modifient, selon l'aspect, selon le climat, il n'y a pas d'autre mot, que nous ont fait des siècles de civilisation alsacienne...

On est frappé de l'accent *barrésien* de ces propositions. C'est qu'en vérité la thèse nationaliste de M. Maurice Barrès s'accordait à merveille avec les aspirations du jeune Alsacien. S'attacher à la terre natale, continuer l'œuvre des morts, *s'enraciner*, n'étaient-ce pas les objets que Bucher proposait à ses compatriotes? Le hasard d'une rencontre mit un jour l'Alsacien en présence du Lorrain : ils eurent vite fait de se comprendre et de s'aimer.

19

En lisant et en écoutant M. Maurice Barrès, Bucher
vit plus clair en lui-même et sut trouver ces brefs
mots d'ordre sans lesquels il est impossible de discipliner les imaginations, de coordonner les volontés.
En échange, il fournit à Barrès la vivante matière
d'un chef-d'œuvre. Quand, dans de longues promenades, sous les hêtres et les sapins de la Hohenburg, il livra à son ami les confidences d'Ehrmann,
Alsacien au service de l'Allemagne, et qui n'était
autre que lui-même, il lui permit de communiquer
à une belle idéologie le frémissement de la passion
et de l'héroïsme. Tous deux savaient très bien ce
qu'ils se devaient l'un à l'autre.

Ce que voulaient dire Bucher et ses amis, quand
ils parlaient de fidélité au sol et aux morts, tous les
Alsaciens l'avaient compris, beaucoup l'avaient ap-
prouvé, du moins au fond du cœur. De cette « doctrine » découlaient deux conseils pratiques : 1º N'émi-
grez plus en France, car votre nationalité déjà
appauvrie est maintenant en péril; 2º Demeurez
attachés aux traditions de l'ancienne Alsace, c'est-
à-dire de l'Alsace française. Un grand nombre de
Français et surtout d'Alsaciens passés en France
depuis 1871, répugnaient à accepter la première de
ces deux maximes. Bucher leur répondait : « Si

quelque jour l'Alsace revient à la France, vous serez
heureux de la retrouver peuplée de bons Alsaciens ;
si elle reste rivée à l'Empire, est-il inutile au prestige de la France que votre langue continue d'être
parlée et votre souvenir respecté de l'autre côté des
Vosges? » Aux Alsaciens qui jugeaient ses efforts
vains et dangereux, il se gardait de répondre, et il
continuait inlassablement son ouvrage...

c) *Témoignage d'Henri Albert* (*dans la* Revue
universelle *du* 1ᵉʳ *avril* 1921) :

... En juillet 1899 (exactement le 30), je fis faire à
Bucher la connaissance de Maurice Barrès. Ce fut
certainement une des dates les plus importantes
dans la vie de notre ami, car c'est grâce à Barrès
qu'il entrevit, dès ce moment, la tâche magnifique
qui s'offrait à son activité. Tous les problèmes qui
préoccupaient alors l'auteur des *Déracinés*, il les
développa devant lui. On devine ce que furent pour
ce jeune provincial les conversations de Barrès. Il
lui parla de l'œuvre de Mistral, du culte de la terre,
de l'éternel conflit des races dans la vallée du Rhin...
Comment s'organisa, dans la suite, leur collaboration, Barrès nous le dira peut-être un jour. On sait

que Bucher servit de modèle pour le volontaire
Ehrmann, le héros d'*Au service de l'Allemagne*, mais
ce que l'on ne sait pas assez, c'est le rôle que jouèrent
les idées barrésiennes dans l'évolution de Pierre
Bucher. Jamais une énergie latente ne trouva ani-
mateur plus magnifique! Quand Barrès écrivit,
pour *le Figaro* (16 novembre 1901), son célèbre article : « Il ne fallait pas émigrer », recueilli plus tard
dans la brochure *Alsace-Lorraine*, c'est au rôle de
serviteur de la France assumé par Pierre Bucher
qu'il songeait. N'est-ce pas à Bucher, et aux disciples
formés par lui, que s'adresse cette injonction qui
fut pendant quinze ans la formule même de la jeune
Alsace :

Je ne vous demande point d'agir, mais seulement de
vivre. Je ne vous demande même point de protester,
mais naturellement chacune de vos respirations sera une
respiration rythmée par deux siècles d'accord avec le
cœur français. Demeurez un caillou de France, sous la
botte de l'envahisseur. Subissez l'inévitable, et maintenez ce qui ne meurt pas.

De toute sa volonté concentrée, Pierre Bucher
voulut être ce « caillou de France », sur lequel les
Allemands allèrent plus d'une fois se casser le nez.
Il ne lui suffisait pas cependant d'affirmer ses senti-

ments. Cet apôtre était un homme d'action. Mais
il savait agir lentement, continûment. Aucune de
ses entreprises n'était soumise au hasard. Les mul-
tiples créations qu'il inspirait ou qu'il dirigeait ne
voyaient le jour qu'après avoir été longuement
étudiées, méditées. La *Revue alsacienne* ne devint
que peu à peu le puissant instrument de propagande
qu'elle était à la veille de la guerre. Chaque article
qui figurait à son sommaire répondait à une intention déterminée et manquait rarement son but.
Quand fut conçu le projet du *Musée alsacien*, de
longs mois se passèrent avant que l'entreprise ne
fût publiquement connue. Les conférences françaises, les représentations théâtrales françaises, les
cours populaires de français, furent inaugurés sans
fracas, et il fallut toute la maladresse de l'administration allemande pour que le public se rendît
compte de l'importance qu'avaient prise ces œuvres
dans la vie publique... Pour beaucoup de ses collaborateurs, il restait mystérieux, et ses amis les mieux
informés de la multiplicité de son activité n'étaient
pas avertis de certains projets qu'il gardait jalouse-
ment jusqu'à ce que le moment lui parût propice
à leur application...

IV

L'UNIQUE PAGE DE PIERRE BUCHER

Quelqu'un recueillera-t-il, un jour, les lettres de Pierre Bucher? Je le souhaite et je donne aux siens le conseil d'y veiller. Mais c'est bien beau tout de même de s'ensevelir quasi anonyme dans la nation que l'on a servie. Ceux qui voudront entendre le cri de joie jeté par notre ami à l'heure de la victoire et connaître la plus haute minute de sa vie, qu'ils prennent le volume d'Alexandre Millerand, *le Retour de l'Alsace-Lorraine à la France*. C'est là, en appendice, qu'ils trouveront le *Discours du docteur Pierre Bucher à l'inauguration de l'Université de Strasbourg*. J'avais pensé à l'insérer dans ce *Service de l'Allemagne*, mais comme c'est plus beau que cette page unique d'un patriote alsacien sans titre ni mandat, passe à la postérité dans le compte-rendu que le président de la République donne de son œuvre propre en Alsace-Lorraine et des jours de la délivrance !

294

TABLE

TABLE